U0004783

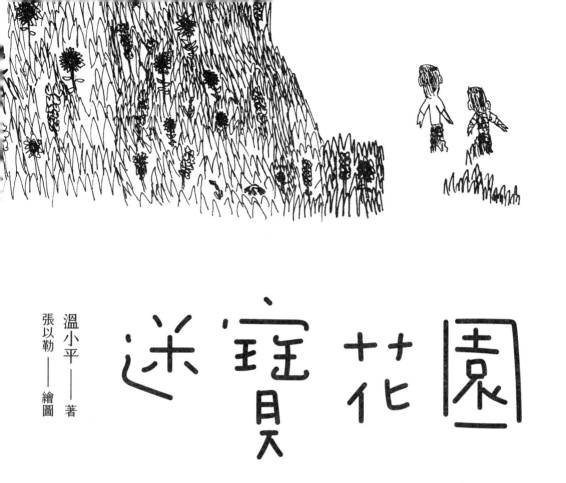

張以勒 —— 繪圖

溫小平 —— 著

送寶花園

The Garden of Lost Babies

目 錄
CONTENTS

〈起初・末後〉

每個生靈都等值

許建崑 中華民國兒童文學學會理事長

我與溫小平成為文友，要從十年前說起。當時，有家出版社幫小平出了兒童奇幻小說《天母東路的奇幻少女》與生活故事《天空不再掉眼淚》兩本書，需要推薦序。為了「知人論事」，我在網路上搜尋，得知她是一位專寫女性議題的作家，主持電臺節目，也曾在雜誌社擔任總編輯，是個活動量十足的「新女性」；她著作等身，散文、小說、報導文學各體兼備，內容涉及親情、愛情、社會觀察、子女教養，常以感性的筆觸來探討人間冷暖，很能激起讀者的共鳴。

我們沒有通過信，卻從新聞中讀到她罹癌奮鬥史，以及為三胞胎孫子女擔憂祈禱的消息，讓我從心底敬佩起這位生命鬥士。

前年（二〇二一年）八月，接到一個任務，就是在疫情當下，透過視訊為臺東大學兒童文學研究所口考小平的小說創作，以代替論文寫作，通過畢業門檻。欣見小平傾向兒童文學的耕耘，獲得碩士學位，我是義不容辭。

這本畢業創作題名《迷寶花園》，寫花園裡一群迷寶的故事，應該是合乎兒童文學真、善、美的情調。讀完之後，卻是撞擊了我所知的領域。

　　小平三胞胎孫子女的誕生過程，隱藏在故事底層，而那來不及來到世上的小孫女以愛，則是她心中憑想哀思的對象。小平沒有平鋪直述自己遭遇的事件，而是以虛擬手法，描述小夏在長時間的「夜啼」聲中存活下來，而哥哥小秋則以「嬰靈」的型態留在「迷寶花園」裡，等待了結人間牽掛，好返回「陽光樂園」。因為是孿生兄妹，小秋哥哥「禮讓」小夏妹妹出生，兩人心靈相契。當四歲的小夏回到春城醫院看診時，意外地打開了陽世與幽冥之間的通道，與小秋重晤。

　　讀著、讀著，「迷寶」的隱喻漸漸清晰。來世未成、迷失方向的幽靈，等待著被陽間親人認同接納。我不禁想起哪吒以「肉球」的形式誕生，而被托塔天王李靖不明究理的丟棄，最後又如何努力以回返家園。在民間故事裡，似乎已暗藏了人間悲情。

　　透過小夏，小秋在花園裡的同伴：月兒、溜溜球、悶鍋、小蝌蚪、姍姍、小米、小寶、拼圖有了管道，得以向陽間父母、親人述說衷曲，完成心願之後，快樂地飛向天堂般的「陽光樂園」。

　　然而，造成這些「迷寶」無法來到世間的原因，卻是陽間的父母所致。除了生理缺陷以外，少女墮胎、外遇生子、高齡產婦、人工植胎，

甚至是古老婆媳之間的紛爭、重男輕女的觀念，也都增加小小生靈來到塵寰的困難。小平對世間的珍愛、錯愛、亂愛，還是有相當深刻的描寫。既然人世間有這麼多難解的習題，為什麼小平筆下還要矻矻營營男女情愛，兼及家庭的幸福？

作為「學位論文」的創作，需要清楚交代理論基礎。小平詳讀了中外相關的胎兒記憶、情感、醫護的書籍，甚至做了問卷，調查夫妻失去胎兒的過程，以及身心煎熬，「有憑有據」的來鋪排故事章節。我在口考當下，對這篇作品提出若干修改意見，包括「迷寶」人數太多，讀者將疲於追蹤，希望能「減胎」經營，以增加故事細節的描寫。小平不置可否，我也以逃離悲情為要，不想涉入太深。

可沒想到，事隔幾個月，小平忽然告知，晨星出版社願意幫她出這本書，希望我寫篇序文。我得以重讀小平的作品，卻有莫名的感動。經過小平的文字調整，故事節奏活潑明快。每兩到三章，故事的敘事者轉換自然，沒有疙瘩；而下一章的迷寶主角，也暗暗在前一章「就位」，使故事環節緊密。小平刻畫迷寶樂園的守護者白奶奶，溫柔性格與理性問事的態度，宛如天使；與白奶奶作對稱設計的「壞人」黑爺爺，想要誘引迷寶進入暗黑大陸，手段笨拙，最終無功而返，活像個任人拳打腳踢的「受氣包」。

我也發現了自己初讀時的魯莽，要小平「減胎」，是個極為錯誤

的建議，因為小平拚死拚活就是要保住那第三位的嬰靈啊！每個生靈都等值，是她內在的呼喚啊！

　　一篇小說說好說壞，都是讀者的自由心證，沒有標準答案。小平以她的文字舞姿，要給讀者的感受便是「愛與包容」。至於那些生澀而高難度的肢體動作，就留給追求極致而孤芳自賞的舞者去琢磨吧。

　　　　　　　　　　　　　　　（寫於二〇二二年十一月三十日）

聆聽胎兒們依然跳動的心聲

葛容均 國立臺東大學兒童文學研究所 副教授

插曲一：一個七歲小男孩在鄉野間閒逛，通過一道磚門，來到一座橋，遇上一隻巨魔，巨魔「吼！吼！啊！啊！吼！」地對男孩說道：「現在我要吃掉你的生命」。男孩連忙回答：「你不能吃我的生命，現在還不能吃。我……我才七歲，根本還沒真正活過這輩子，我還有書沒看過，還沒搭過飛機，還沒真正學會吹口哨，你能不能放我走？等我長大成人，夠你飽餐一頓時，我會再回來找你。」巨魔點點頭後，消失不見蹤影。

插曲二：國小三年級生因應老師指定作文題目「我最感謝的一件事」，開頭段寫道：「我最感謝的一件事是爸爸媽媽把我養大，因為爸爸媽媽為我付出的一切都是經歷了千辛萬苦的日子。」

插曲三：女人在臺北街頭遇上兩名為國際人道組織募款的年輕人，年輕人提及諸多印度女性在別無他法下，自尋管道墮胎，致使這些女性及胎兒斷送生命，亟需人道關懷與支援……。

插曲一源自被美國恐怖文學大師史蒂芬‧金（Stephen King）讚譽為文壇「鬼才」的尼爾‧蓋曼（Neil Gaiman）所著，曾榮獲「世界奇幻獎」提名的短篇小說《巨魔橋》；插曲二是我們日常生活中可見的例子；插曲三為世界多處仍在上演的進行式。不論是文學想像或現實景況，我們可聽見有些兒童明白自己能夠成功誕生於世、順利長大的不易，有些兒童吶喊道「我還沒活夠」，更有些生命可能低語呻吟著「我還沒真正活過」。

　　確實，並非每個孕育於母親子宮的胎兒皆能順產並誕生於世，也不是每個胎兒生命得以綿長延續，暫且不論何故，全球每年有多少胎兒被迫中止生命，自此失去體驗身而為人的成長歷程。但我們真能不追究「不論何故」嗎？例如因天災人禍之故，特別是因為戰爭或個體社會成員隨意殺戮所致？有些胎兒被終結生命則屬情勢所迫，或因生產不順緣故，或因家族乃至社會價值觀使然，又或者出自為人父母者的無奈考量而做出的艱難抉擇。然這些難為的情勢所迫和揪心考量如何與他人訴說？胎兒們又如何能知曉？

　　倘若胎兒們尚且保存了些許娘胎記憶，擁有屬於自身的感覺、情緒與心聲，那又會是什麼樣的心緒、感受和想望？又，如何「處理」逝去胎兒，逝世胎兒對於家庭，特別是為人母者，甚至包括對夫妻關係所造成的可能影響為何？有些文學作品誠如愛歐文‧艾維（Eowyn

Ivey）在《雪地裡的女孩》（*The Snow Child*）中書寫痛喪愛子進而影響夫妻關係，並將對逝去孩子的愛意挹注於「雪地裡的女孩」身上，憑此逐漸走出喪子之痛，修復夫妻關係。也有些文學作品如莫里斯・梅特林克（Maurice Maeterlinck）所著《青鳥》（*L'Oiseau bleu*）中，特別有一章節〈未來王國〉描繪未能成功出世的孩子們的天堂樂園，既為天堂樂園，讀者於其中固然可見一番樂園景象，卻無法窺得這些嬰孩靈魂的心緒與想法。此類文學作品的「處理」方式皆無法直接應對以逝去胎兒作為主要書寫對象加以想像並描述其心境。

但小平的《迷寶花園》做到了！以奇幻形式書寫引人入勝，到「迷寶花園」逛逛吧！小平為逝世胎兒——「迷寶們」，安置了一處胎兒靈魂的暫留之所，有榕樹及榕果小蜂，有池塘，有月光，有白奶奶與黑爺爺饒富趣味的鬥法，同時精緻捕捉迷寶們各自的心聲與念想（質疑自身生命價值、害怕父母將其遺忘、渴望獲得父母認同其曾經真實存在過……）。「迷寶花園」裡還有迷寶們共同參與的遊戲與作為（如溜滑梯遊戲、追憶子宮內的印象與味道、急尋不見蹤影的迷寶、為育嬰箱內的小米集氣……）。而「迷寶花園」外另有為人父母們難以言說的心境與當初痛失胎兒的原因。

這部作品以迷寶們的疑惑與發問代替怨念與恨意，他們相聚一處，有歡樂，有悲傷，有心酸，卻也有割捨不了的情感與盼望。支離破碎

的「拼圖」如何能夠完整,「溜溜球」為何執迷於溜滑梯,小蝌蚪為何這麼愛游泳?迷寶與其父母們甚至手足間如何彼此感應(如小秋與小夏和他們的父母),迷寶們各自的親子關係如何發展?每個家庭又蘊含什麼樣的故事?這就是《迷寶花園》笑淚交織、溫馨又不失胎兒議題的嚴肅性,既迷人又可貴之處——提供大小讀者無限想像與了解同理的機會。

　　《迷寶花園》溢滿著小平身為作家,從己身出發,展露對逝世胎兒無庸置疑的人道關懷,更拓廣呈現臺灣社會對生育的價值觀、準父母可能面臨的困境與抉擇,凡此種種皆可為家庭與準父母們提供思考或慰藉空間,為逝世胎兒發聲,為兒少讀者闢開理解和同理的可能。晨星出版社慧眼識英雄,臺灣真的需要這樣一部可實至名歸的謂為「胎兒文學」的作品,在小平與晨星出版社的致力之下,終於順利誕生,令人歡慶!

（寫於二〇二二年十二月二十五日）

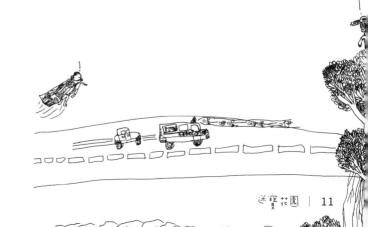

小平的大千世界

杜明城 前國立臺東大學兒童文學研究所教授

　　約莫二十年前，在我首度邂逅溫小平的作品時，她早已經是成名的作家了。那是在一個優良讀物評選的場合，依稀記得是一部少年情愛的作品，感覺頗為鞭辟入裡，揣摩青春情懷，很是到位。但彷彿是個歸類上的錯置，擺在童書的範疇，對許多人顯得唐突，也就很難獲得青睞。對作家而言，確實是一個尷尬的處境，成人與兒童兩端都不得歸屬。其後我又斷斷續續讀了她幾部小說，無論是長篇或是小品，總能自成一格，月旦情感微妙也往往一針見血，非一般浮泛的輕小說所能及。於是，儘管她的故事總是蘊含嚴肅的道德意識，我也和一般讀者一樣，輕易的把她歸為以書寫情愛見長的作家。

　　我對愛情小說向來沒有特別愛好，儘管好壞有別，但那似乎是人人變得來的戲法，即使沒談過戀愛的人，憑著過人的情感細膩與敏銳觀察，也可能寫出一流的作品。沒結過婚的簡‧奧斯汀（Jane Austen）不就被稱為「未婚的婚姻小說家」嗎？這位不世出的偉大作家也說過，

有趣的小說寫的不外乎金錢與愛情，傑出的愛情故事層出不窮，能在這片園地耕耘出可以辨識的花草已屬不易。溫小平著作等身，生平已經破百，以如此的成就帶槍投靠兒童文學，先是讓我眼睛一亮，其後又接觸了她更多作品，就不急於論斷她創作的整體面貌。

有一次她出示一本看來不太起眼的植物科普《釋迦愛上小黑貓》，我仔細讀了，讓我對她著作的印象大為改觀。非常樸實的筆調，無比誠摯的語氣，為孩子講各種植物花果。如果說愛情故事予人華麗的想像，那麼此類植物科普不啻洗盡鉛華。科普讀物似乎無所不在，但罕少能以文學作品視之。科普寫作憑藉的不僅是靈感，而是必須下足知識上的準備功夫，如此方能蘊釀出可口的故事。我恍然大悟，原來溫小平的內心世界不僅冷眼觀看情愛的不堪，更豐富的是以她的童心和孩子的天地接軌。

《迷寶花園》則是另外一番境界！隱隱約約統整了小說家與科普作者的筆法，且相互堆疊到更高的精神層次。這是一部滿懷作家悲願的傑出作品，相較於之前隱含的道德意識，她更為露骨的為來不及出生的「迷寶」（MEATBALL）提出懇切的陳情。《迷寶花園》的背後無疑是世間種種男女情愛關係的縮影，不乏對男性社會的指控，但透過迷寶們的對話，作者採取了苛責卻又寬宥的態度。作家的巧思表現在各個迷寶的命名，小夏、小秋、拼圖、姍姍、小米、月兒、小蝌蚪各

有各的際遇，像拼布一般交織成一幅融合世間百態的圖案。十八回的故事，過場流暢自然，充分展現嫻熟作家的筆法。文字的趣味時不時的表現出小說家本色，作者善用譬喻，讓故事讀來更是生動自然。

　　春城無處不飛花，醫院的取名象徵著什麼呢？這詞兒輕飄飄的，美麗中帶著一絲絲傷感，但似乎又蘊含著生命的悸動。《迷寶花園》的情節設計巧妙的預先排除了可信度的質疑，讓一個個小天使能在共同理解的基礎上現身說法。祂們以榕果滋補，維持精氣於不墜。作者以蟲癭的孵育、羽化作為生生不息的隱喻，既寬慰人心，也是終極的生命啟示，娓娓道來卻最是感人。榕果與蟲癭的譬喻無疑來自生物科學的知識，但作者的準備功夫遠不僅止於此，民俗學的理解加上無數次的訪談，結合了悲苦的醫院奔走，於女性的普遍同情，對乏人聞問之棄胎的憐惜，以深情造就了這部難得的作品。《迷寶花園》是溫小平最晚近的小說，我覺得整篇故事透露出她個人浪漫思想的其中一項本質：孩童乃成人之父！唯孩童乃足以點化大人的迷津。

　　我猜《迷寶花園》仍擺脫不了歸類的尷尬，一部獨特的幻想小說，主題卻是那麼活生生的寫實。迷寶棲息的花園是兒童的天地，折射的卻是成人的情思與愛慾。嬰靈既是民俗傳說，卻也涉及鬼魂，而墮胎減胎無疑更是無聲的暴力，那麼，以兒童文學作品視之恰當嗎？溫小平可能會帶著苦笑，自我調侃永遠站在歸類的灰色地帶。但這些都是

庸人自擾，《迷寶花園》已經完成了作者的自我超越，既寫實也幻想，成人與孩童共賞，分享大千世界的苦難，誰曰不宜？

（寫於二〇二二年十二月二十一日）

我看到她在陽光下舞踊

溫小平

　　我相信，絕大多數的父母對未能順利誕生的孩子，都會懷著難捨與傷痛。

　　我也相信，那些未足月、或意外、或疾病、或被迫離開媽媽子宮的孩子，未能降世為人，在這個世界跟家人一起歡唱，他們是不甘願而且委屈的。

　　當初我懷孕時，就揣著這樣一份戒慎恐懼的情感，擔心腹內寶寶隨時離去。猶記得懷兒子四個月時，我陪外婆去日月潭旅行，走在慈恩塔那長長階梯時，我突然腹痛不已，嚇得我立刻坐下休息，甚至懷孕末期遇上前置胎盤大出血，難產過程差點胎死腹中；懷女兒兩個多月時，出現流產徵兆，我更是提心吊膽……。雖然生產過程艱險，幸好一切平安。

　　然而，當媳婦懷了三胞胎，卻是六個多月早產，孫子女的體重分別只有八九八克、六八五克、四五六克，以致最小的孫女以愛，出生

十五天，因為腎臟發育不全而離開我們，去了天堂。那種傷痛難過鋪天蓋地席捲而來，我們卻無能為力。

以愛走的那天夜晚，我獨自待在書房，望著電腦裡我幫她從出生開始拍攝的一張張照片，不禁嚎啕大哭。我擔心以愛從此被遺忘，決定書寫《三胞胎教我學會愛》一書，讓家人都記得她，也讓其他人看到原本無法存活的以愛，為了哥哥姊姊而堅持到底活著出生的精神。

接下來的日子，我每天繼續探望住在新生兒加護病房保溫箱裡的以琳、以勒，每次都會經過一道狹窄的走廊，左手邊的窗外是一片綠色的草地，映照在充滿陽光的藍天之下，我輕聲問著，以愛，妳在哪兒？

眨眼間，我恍惚看到以愛在草地上奔跑，小辮子上的蝴蝶結飛舞著，她臉上露出燦爛的笑容，呼喚著「奶奶！奶奶！」我流下想念的淚水，幾乎無法自已。我問上帝，我是否可以再見到以愛？以後我去了天堂，是否認得出以愛？

念及之前，我陪伴媳婦住院安胎三個多月期間，見到不少準媽媽安胎不成功而失去孩子；甚至到羊膜穿刺診所做檢查時，也遇到不少計畫減胎的父母，心想，那些死去的孩子又去了哪兒？

父母的思念、孩子的不甘，做不成父子母女的悲傷，揉雜糾纏在我心裡。我不由問著自己，我能為他們做些什麼？

直到我念了臺東大學的兒童文學研究所，教我們〈幻想小說〉課程的葛容均老師，引動了我對幻想小說的發想，我忍不住提到，我要寫幻想小說作為畢業作品。結果葛老師提醒我，「已經有作品出版的人，老師會用更高的標準來要求喔！」卻沒有嚇退我，因為我也想挑戰自己去嘗試從未接觸過的文類及體裁。

　　接下來的幻想小說課程，我不停在筆記本上塗塗寫寫，把零碎的、偶現的靈感立即捕捉住，記錄下來，就這麼逐漸成形，想要為那群未及出世的胎兒寫故事。這些胎兒，都是爸媽的寶貝，他們還那麼迷你，來不及長大，彷彿迷路的寶寶，找不到回家的路。剎那間，「迷寶」這個稱呼就跳了出來。

　　既是幻想小說，我就可以天馬行空，實際動筆書寫時，才知道困難重重。偏我這個人就是不服輸，既已確定目標，我就想辦法一一克服。

　　花費一年時間構思，彷彿蓋房子，先有了藍圖，再一點點加磚砌瓦。小秋、小夏的名字是最先確定的，其他迷寶們雖然取名不易，但還不算太困難，最難的是迷寶置身所在的醫院場景，因為迷寶們的家——迷寶花園，就在這家醫院旁邊。醫院名字在故事幾乎完成時才確定，那正是春天時節，花開滿園，一陣風過，盡顯各種舞姿，而在花開花落之間，說的正是迷寶們的生命故事，雖短暫卻依然燦爛。春

城，的確處處飛花。

　　榕樹也是要角，它是臺灣低海拔樹木的四大天王之一，卻被貼上陰質樹木的標籤，不受喜愛，也不適合居家種植。我卻讓榕樹成為迷寶的住屋，彷彿子宮的樹洞是窩，氣根如同血脈，榕果則是迷寶們精氣神的來源。榕樹最高可長到二十公尺，我就把迷寶花園中最高的榕樹稱為「天梯」。

　　醫學上認為懷孕第九週才算胎兒，胎兒有無靈魂，尚無定論，我卻認為他們從胚胎起，就是一個生命，就有感情與各樣知覺。而迷寶的心智年齡設定為六歲，主要是根據日本醫學博士池川明的研究，孩童的胎兒記憶大約在六歲以後逐漸淡忘。

　　貫穿全書的共有九個迷寶，各來自不同家庭，因為不同原因無法順利出生，這些胎兒只好以魂魄之姿來到迷寶花園，等待完成在世的最後心願，然後快樂地去陽光樂園般的天堂享受永恆的美好，直到未來某一天，跟家人重逢。

　　陪伴這些迷寶的主要照顧者——白奶奶，是光明天使的化身，也是我最喜歡的角色之一，她如同母親般的存在，給予迷寶從未體會過的懷抱溫暖與安全感。至於黑爺爺則是個反派角色，處處跟白奶奶唱反調，阻止迷寶前往陽光樂園，企圖誘拐他們。但是我不希望黑爺爺壞得讓人害怕，也不喜歡地獄的猙獰，所以讓它們以暗黑天使及暗黑

大陸的形態存在。

　　起初設定書寫七個迷寶，大約五萬字，寫著寫著卻多了小米和小寶，長達七萬多字。尤其是小米，完全是計畫之外的設定，他不斷遊走在保溫箱和迷寶花園之間。藉著小米這個角色，我要強調的是，即使在生死存亡之間的迷寶，因著父母的愛，是可以被挽回的。

　　我將《迷寶花園》界定為屬於孩子、大人、親子間共同閱讀的故事，也是適合少兒的讀物。雖然有人認為某些情節與描寫不適合少兒閱讀，我卻不免疑惑，如果以兒童為主角的戲劇，屬於兒童戲劇。那麼，小說故事不也應該如此？

　　真的不必擔心，我一雙八歲的孫子女讀來津津有味，以勒畫插畫時，以琳也會不斷提出問題。或許孩子們的體會不如成年人深刻，何妨大人小孩一起閱讀呢！這樣一來，少兒們懂得感謝父母生育的辛苦，並且珍惜生命，同時家中若有提早離世的迷寶，也能用開放的態度接受這個「永遠缺席」的家庭成員。

　　更希望相關人士閱讀《迷寶花園》後，能夠成立「迷寶父母的支援團體」，陪伴並安慰失去胎兒的父母。

　　當然，能夠順利完成這本書，我付出了極大的心力與勞力，但是，還有許許多多從旁協助我、指導我的人，更是促成並催生了《迷寶花園》，我要在此特別致上謝意。

首先要向為我寫推薦序的三位老師許建崑、葛容均、杜明城教授致謝，他們除了是我碩士口試時的口考教授，也給予我不少中肯的建議，讓這本作品能更完整。

葛容均老師教我「幻想文學」的課程，引發我書寫幻想小說的興趣。當我選定指導教授之前，得知她有一名跟我孫子女同齡的孩子，而她專攻的英美文學恰是我所愛，心裡不斷叫囂著，就是她了！就是她了！她一定懂我書寫《迷寶花園》的心意。當我終於完成作品時，她肯定讚美我之餘，也鼓勵關心這本書的出版。

第二指導教授杜明城老師，他是我報考臺東大學兒童文學所時三位口試委員之一，我修了他好幾門課，當我邀請他給予指導時，他欣然答應。我尋找出版社受挫之際，他更是安慰我不要心急，終會遇到知音的。碩士專班畢業後的現在，我還持續參加他在臺北指導的讀書會，繼續閱讀世界各國文學家的精彩作品。

碩士口試時，必須邀請一位校外老師，我立即想到當時還在東海大學擔任中文系教授的許建崑老師，他曾為我的童書《天母東路的奇幻少女》寫序，治學嚴謹，對少兒文學頗多關注。好高興他不但答應擔任口考教授，而且針對我的創作計畫、口考 PPT，還有創作小說，都仔細研讀，用心指正，使我獲益良多。

創作之餘，女兒小慧更是我的得力幫手。她從小就是我的忠實讀

者，我念碩士時要寫不少報告，她教我 PPT 製作，最後完稿階段，她不但認真閱讀《迷寶花園》，也幫我構思英文書名，書寫英文摘要。口考時因為是線上考試，她更是從旁協助我電腦操作。

至於宋碧琳醫師（目前為雙和醫院婦產部主治醫師）更值得我用力感激一番，她是我媳婦懷三胞胎在榮總就醫時的主治醫師，也曾幫忙審定《三胞胎教我學會愛》（玉山社出版）。她在醫院看診及手術的繁忙時刻，抽空協助《迷寶花園》的醫學部分審定，一如既往地認真，給我許多寶貴意見，讓全書增色不少。

由於三位口考教授的肯定，同時鼓勵我出版《迷寶花園》，我在尋找出版社時，傷透腦筋，費盡心思，幾經輾轉之後，終於獲得晨星的社長和主編的認可，他們表示很喜歡這個故事，寫得很感人，我如同遇見知音，真是開心極了。之後，我詢問主編惠雅是否可以讓我八歲的孫子以勒嘗試本書的插畫，同時寄了幾幅以勒關於〈埃及天兵〉及〈人類大戰〉的繪畫作品。又是一番驚喜，惠雅說以勒的圖很吸引人，充滿迷幻與童真的筆觸，而且祖孫合作特別有意義，加上此書創作的起心動念也是為了以勒的妹妹以愛，非常有紀念價值。就這麼牽起了以勒擔任全書插畫的機緣。

在此，我要大大誇獎以勒，就讀小三的他課業繁重，課餘還在學英語會話、鋼琴及打擊樂，兩個多月的時間，他放棄許多玩樂，每天

放學就以最快速度寫完功課，開始聽我念一篇篇的故事，然後他接著構思動筆，就這樣畫了十八張插圖，而且張張讓我驚喜，甚覺不可思議。以勒畫中特別強調的榕樹氣根圖騰，完全來自他的巧思，更象徵著氣根落地生根的生生不息。繪圖過程中，我們聊迷寶，也不時提到已在天堂的以愛。

　　所以，我一定要謝謝以愛，讓我有了這個意念，為所有來不及出世的迷寶寫故事，安慰迷寶在天之靈以及迷寶父母們。

　　更要感謝我親愛的上帝，讓我擁有喜歡想像的腦袋、自在書寫的能力，在迷寶花園裡撒下愛的種子。

　　值此社會、國家乃至世界充斥著對立與衝突之際，藉著父母和迷寶間的寬恕與和解，讓我們學習愛與包容。期待你們，我可愛可敬的讀者們，如同榕果小蜂般，讓愛得以茁壯、成長，並且散播出去。

　　愛的傳遞，就從迷寶花園開始。

（寫於二〇二三年一月）

〈起初‧末後〉

　　今夜，她坐在電腦前，已經四個多小時了。因為太過專注而忘了起身，頸脖痠麻、腿部僵硬，她動動身軀，伸展腰，做了一個深呼吸，彷彿要把過去的點點滴滴全部吐露。然後，她把兩手重新放在鍵盤上，打出最後幾行字——

　　哥哥對著她揮揮手，笑容彷彿湖中漣漪一般，慢慢漾開，然後，溫柔地抹去她從眼角溢出來的淚滴，輕聲對她說，「妹妹，想念我，就把我和迷寶們的故事寫下來。」

　　恍如隔世的淚水再度溢出眼眶，這回她只能自己輕輕拭去，然後從心底發出嘆息地說：「哥哥，我好想你，好想你。」
　　儲存。關機。
　　窗外，灰濛的天空慢慢暈出一抹淡橘，就像哥哥在許多個夜晚帶給她的溫暖與盼望。

夜半，
哭聲沒有句點

　　這是一個算得上安靜的社區，夜裡十一點以後，大樓和公寓的窗口燈光慢慢黯去，只有偶爾流浪狗的低吠、夜歸人的腳步聲，還有便利商店門啟的「叮噹」聲，似乎，小公園的花草樹木也進入了夢鄉。

　　初秋的某個夜晚，這份寧謐就被一陣陣貓的低鳴攪亂了，還以為是哪兒來的野貓生了小貓，找不到媽媽。仔細分辨，才發現是小寶寶的哭聲，帶著委屈與不甘，間或傳來大人的喝斥：「那麼晚了，還不睡，哭什麼哭！」

　　起初，四圍鄰居起床瞧了瞧，開窗仔細聽了聽，想著現在生孩子的人少了，多點體諒包容吧！況且三更半夜也不好意思找人抗議，只好把門窗緊閉，企圖隔絕噪音。可是，哭聲愈來愈大，愈來愈頻繁，連耳塞都不管用了。這家容易失眠的奶奶突然半夜被哭聲嚇醒；那家臥床養病的伯伯被吵得夜不成眠；預備升學考試的學生無法專心讀書……，終於有人跑到里長家抗議，「到底是哪家的小孩，有病啊？哭個不停，還讓不讓人睡覺啊！」

　　小夏媽下班經過里長家，里長太太婉轉地跟她說：「妳家寶寶怎麼啦？夜裡一直哭，是不是受驚了？我知道有間廟，收驚很靈的，妳可以試試看。」小夏媽苦苦一笑，這事在別人家是波濤初湧，在她家早已是驚天動地，受苦遭罪好久了。她尷尬地向里長太太點頭示意：「謝謝，我會注意的。」

回到家，保母例行性的向小夏媽簡單報告小夏的情況，並把小夏吃喝拉撒睡的時間、次數和分量的紀錄表格遞給她，就匆匆離開。趁著小夏還在睡覺，小夏媽趕緊拿出魚、雞等肉品微波解凍，淘米洗菜按下電鍋，好讓修習電腦課程的小夏爸回來剛好有熱飯熱菜吃。

　　望著爐子上冒著蒸氣的雞湯，小夏媽的心情也隨著「噗噗噗」的鍋蓋起伏，她不斷用拇指和食指揉捏著眉頭，卻怎麼也揉不散心頭的煩惱。生小夏是他們夫妻一起計畫的，之前各自忙著在職場衝刺，眼看過了三十五歲，再不生，怕會很難懷上孩子。因為小夏媽的排卵情況不佳，夫妻倆商量後決定採取注射型排卵藥加上人工授精的方式，來提高受孕率。沒想到他們的運氣真好，一次就懷孕了。雖然最後於懷孕三十二週時，小夏早產了，但小夏體重也有兩千兩百多克，除了個頭嬌小，吃喝都算正常。

　　唯獨就是小夏夜啼這事讓小夏爸媽傷透腦筋，看了不少醫師，吃了各種藥卻都不見效果。他們也到廟裡求過符，在嬰兒床四周貼了一圈，小夏的哭聲不曾稍歇。而且更氣人的是，白天由保母帶著，小夏吃好睡好，不哭也不鬧，這錢保母賺得舒心。然而在夜裡快到十二點子夜時分，小夏好似急著跑回家的灰姑娘，就怕晚了一點，會現出原形。隨著鐘響十二下，小夏拉開嗓門就哭。媽媽哄、爸爸抱著走動，哭聲小了些，爸媽累了坐下休息，小夏又開始加大分貝。有陣子，小

夏媽甚至懷疑保母給小夏吃安眠藥,所以白天睡晚上鬧,裝了監視器,但沒看出什麼端倪,似乎小夏就是生來折磨爸媽的。

夜裡這樣折騰幾回,小夏爸頭一個投降:「我最近要寫好幾份報告,睡眠不足,腦袋就打結,妳來哄吧!不然就隨她哭吧!我媽說的,哭累了,她就會睡的。」

小夏媽心頭有些酸,如果小夏是男生,婆婆就不會這麼說吧!肯定立刻從南部趕上來,早也抱晚也抱,絕對不會有絲毫抱怨。她忍不住對著哭鬧不休的小夏說:「媽媽拜託妳了,乖乖睡一覺,不然妳爸爸就要逼我辭職。我怎麼能辭職,家裡開銷這麼大,為什麼是我辭職?哼,大男人!小夏,妳要跟媽媽一國喔!」

小夏媽索性抱著小夏,拿了個墊子,靠著沙發背,在腿上蓋了薄毯,跟著小夏一起進入夢鄉。她的夢裡始終霧氣深重,隱約有個弱小身影,忽近忽遠。她剛要叫出口,就醒了過來。小夏張著大眼,扭動著身軀,嘴裡嘟噥著:「ㄋㄟㄋㄟ,餓餓。」小夏媽無奈地起身泡牛奶,餵完小夏,邊打了個哈欠,明知這樣靠著沙發睡覺,渾身不舒坦,可是,她嘗試過把睡著的小夏抱往嬰兒房,還沒放下她,她的哭聲隨即如沒裝消音器的機車突然駛過,嚇得她心驚肉跳,差點就把小夏摔落地。只好繼續以沙發為床。

小夏愛哭不是一天兩天了。她在醫院的新生兒加護病房就是以

哭聲驚人著稱，只要尿布濕了、肚子餓了、洗澡的時間到了，她就哭得好凶，護理師私下都叫她「愛哭鬼」。剛回家那陣子，小夏媽還以為她是不適應家裡環境，哪曉得哭到現在三歲了，她依然無休無止，而且隨著年齡增加，哭泣聲更大更久。再這樣下去，小夏媽的睡眠七零八落，三天五天的請假補眠，不等老闆發話，她自己都要羞愧地辭職了。

里長太太轉達居民抗議後，小夏安靜沒幾天又開始沒有句點的嚎哭，抱著哄了兩晚快要崩潰的小夏媽只好放任小夏去哭，隨她哭得喉嚨嘶啞，小夏爸媽各自蒙頭大睡，就像很久沒嘗到一覺到天亮的好滋味。

可換來的結果就是，早晨出門上班的小夏爸剛下樓沒多久，便氣沖沖跑上來，揮舞著手中紅色的海報，無奈地搖頭說：「妳看看，多丟臉喔！鄰居在大門上貼大字報了。」小夏媽急忙接過來看，四角已被小夏爸扯破的海報上赫然寫著幾個大字，「魔音穿腦，惹人清夢，再不解決，只能報警。」莫非，小夏哭聲已超過噪音標準？連鄰居都要抓狂了。小夏媽自覺已被折磨得老了十歲，再下去，她也要發瘋，更是沒臉見人。但是她能怎麼辦呢？

「幸好時間還早，應該沒幾個人看到。妳如果實在想不出辦法，就辭職吧！妳那工作也可以兼差的。」小夏爸關上門就走了。

孩子又不是她一個人的，他怎麼可以這樣把問題丟給她？小夏媽無奈地望著嬰兒床上睡得正熟的小夏，小夏嘴角浮著淡淡笑意，好像夢到什麼有趣的事情。可是，小夏媽的眼裡卻像揉進了辣椒汁，刺痛刺痛地，再也壓抑不住地哭出生產以來的鬱悶煩躁，難道她決定生孩子這事錯了？

　　過了一陣子，小夏媽幾乎把公司給的年假都休完了，她還是想不出更好的辦法。幸好小夏偶爾也能安靜幾晚，這問題也就一天拖過一天。可是這事卻像在夫妻心裡扎了幾根刺，床笫之間也少了親密。

　　不久後，嫁到對岸的小夏阿姨返臺備孕，知道小夏媽為了照顧小夏勞心勞神，特地過來幫忙換手，讓小夏媽可以輕鬆幾天。

　　小夏媽幽幽說道：「我看，妳也別生了，我把小夏送給妳。」

　　「快別這麼說，小孩子聽得懂的。」小夏阿姨阻止她。

　　小夏媽嘆著氣：「她懂什麼，都三歲多了，走路走不穩，話也說不清，整天咿咿啊啊的，人家鄰居小孩跟她差不多大，都會背唐詩三百首了，丟死人了。」

　　「我看妳啊！還是到春城醫院去看看，我在對岸都聽說他們的婦產科和小兒科特棒的，我正準備去看診。小夏不是在那家醫院生的嗎？妳幹嘛捨近求遠，到處求醫，卻獨獨忘了附近這家。」

　　小夏媽走到窗前，遙望春城醫院的方向，她不是忘了，更不是捨

近求遠，想要四處奔波覓良醫。而是，春城醫院帶給她太大的傷痛，她怎麼也忘不了。幾乎快要走不下去的她，真的只有這條路嗎？尤其是小夏的哭泣已經到了歇斯底里的態勢，問題似乎真的很嚴重。為了小夏，為了他們這個家，或許她應該放下自己的執念了。

春城，
無處不飛花

　　即將滿四歲的小夏，已經過了就讀幼兒園小班的年紀，可是她各方面的學習及表現能力卻跟同齡孩子的落差極大，這樣去念幼兒園，根本無法跟上進度，既聽不懂老師的教導，也很難和其他小朋友相處。小夏媽跟小夏爸商量是不是讓小夏五歲以後再去學校？

　　「這樣也解決不了問題，妳看過那麼多醫師，也找不出原因。要不然聽小姨的，妳帶小夏到春城醫院去看看？」小夏爸知道小夏媽個性固執，只能嘗試性的給她建議。

　　小夏媽差點脫口而出：「小夏又不是我一個人的，你為什麼不帶她去看醫師？」想到接下來又是無休無止的爭執，她只能幽幽嘆口氣，把埋怨吞了下來。

　　掙扎又考慮許久，無計可施的小夏媽還是帶著小夏來到春城醫院，她在這兒打排卵針、產檢、生產，對周遭環境並不陌生，只是心裡始終存著一個疙瘩，這疙瘩好像一個體內的小腫瘤，讓她時時提心吊膽，擔心惡化成為癌症。

　　小夏媽牽著小夏，來到二樓兒童醫學科裡的小兒神經科，準備接受醫師的評估和建議。候診椅上坐著三位媽媽、一位爸爸，身邊幾個孩子爬上爬下的並不安分，有個約莫四歲多的男孩更是不時尖叫，稍稍掩飾了小夏媽的不安。她離候診的人遠遠坐著，就怕有人跟她攀談，問起小夏的情況。快滿四歲的小夏，外顯的問題不說也看得出來不對

勁，走幾步就摔跤，反覆提醒她扶著物件走，她轉身就忘了。或許是從小跌慣了，小夏摔跤也不哭，很快就爬起身來，久了，小夏媽也就懶得時刻提醒她。

輪到小夏的號碼，小夏媽牽著她的手，推門往診間裡走。窗戶敞亮的透進陽光，小夏躲在媽媽身後，緊緊揪著媽媽的衣服，兩眼滿是恐懼害怕，就像從媽媽幽暗的產道衝出來時，無邊無際的孤單席捲了她。眼眶不由紅了紅，腦袋往媽媽的肚腹蹭啊蹭，彷彿想要蹭回媽媽的子宮裡。

媽媽和醫師的談話跟以往的看診大同小異，擔心小夏經常夜啼、走路不穩、不願意說話，還特別強調：「小夏是三十二週的早產兒，我看了很多醫師，就是找不出夜晚大哭的原因，是嚎啕大哭，怎麼也止不住的那種哭法。而且她還會雙手揮舞，好像要去抓什麼東西似的。只要抓到誰的手，她的哭聲就會小一些。」

咦！媽媽怎麼沒有提到小秋？小夏有些著急，張了嘴，卻發不出聲音，不明白媽媽為什麼會忘了小秋？

小夏氣呼呼地掙脫媽媽懷抱，走下地，只見窗臺上有隻灰黑相間的鴿子帶著探究的眼神望著她，她慢慢走過去，想跟鴿子打招呼，鴿子受到驚嚇般倏地展翅飛走。

小夏趴在窗口往鴿子飛的方向望，樓下草地還有其他的鴿子聚集

跑動，春夏之交，醫院花園裡開滿各色花朵，尤其是白色、紅色、淺粉、淺紫交雜的瞿麥花，一叢叢的更是鮮艷美麗，吸引了小夏的目光。草地左邊設置著給小朋友嬉戲的滑梯、鞦韆、繩梯等遊樂設施，右邊的樹叢掩映著一個湖泊，湖邊除了榕樹，還長著幾棵欒樹、楊柳樹，柳絮被風吹得點點落在湖面上，讓小湖彷彿也跟著開了花，兩隻白天鵝則悠游在柳絮紛飛的湖面上。橫跨湖面的小橋另一頭，則是以榕樹為主的小森林，也就是醫院的後花園，有條步道曲折蜿蜒其中，大多是醫護人員或病患在此晨跑，一般很少人到那個地方去。

當小夏正要收回望向遠方的視線，卻意外的發現湖邊榕樹下有個男孩目不轉睛地望著她，他穿著粉藍色的Ｔ恤、深藍格子短褲，臉上露出有些熟悉的笑容。她睜大眼睛，揉了揉，恍然有絲了悟，是哥哥嗎？她在夢裡看到過許多次，哥哥就穿著同樣的衣服，而且總是輕聲呼喚她「小夏，小夏！」

她不確定地跟他搖搖手，男孩做出熱情的回應，又跳又笑的拚命跟她揮手，她激動萬分地用力拍打窗玻璃，急著想要穿過玻璃飛下去，就怕哥哥像在夢裡一般突然就不見了。她邊拍窗子邊不停呼喚著：「哥哥！」、「哥哥！」原來他躲在這兒，怪不得她找了許久都找不到他。

媽媽聽到小夏發出聲音，立即衝過來抱住小夏，忘形地對著醫師大喊：「她會說話了，她在叫鴿子，咯咯咯咯，她會發出聲音了。」

醫師認同地點點頭，「她對感興趣的東西會有反應，這是好現象。待會拿了評估單回去慢慢填寫，記得帶她下去花園走走，餵餵鴿子、逗逗天鵝，孩子跟動物比較沒有距離。這個星期請妳特別注意她的各種反應，記錄下來，下星期再帶她過來。」

小夏媽臉上是控制不住的笑容，幸好她接受妹妹建議，帶小夏回到春城醫院就診，兜兜轉轉一大圈，莫非還是要到原地尋找她丟失的魂魄。更讓小夏媽訝異的是，平常走路歪歪倒倒的小夏，聽說要帶她去樓下的花園看鴿子，竟然走得好快，出了電梯即使得走臺階，小夏抓著扶手的身形只是晃了晃，完全沒有跌倒。

小夏就像是拉著媽媽一般，迫不急待從側門穿過馬路衝到草地上，許多鴿子受到驚嚇「刷」地飛走了，小夏媽連忙在皮包裡翻找出一包小餅乾，遞給小夏，「小夏，妳拿去餵鴿子，牠們就會願意靠近妳。」小夏一點兒也不關心鴿子，她東張西望地想要尋找她剛剛看到的哥哥，難道是她眼花了嗎？哥哥從她出生以後就不見了，她現在都快四歲了，哥哥消失也要四年了，怎麼可能突然出現？

這時，小夏媽的手機響起，她瞄了一眼正蹲在地上看鴿子的小夏，叮嚀她一句：「媽媽接個電話，妳不要亂跑啊！」便趕忙掏出手機接聽，緊急處理保險客戶出車禍的後續事宜。

小夏依稀記得她從二樓望下來看到的是湖邊的一棵大榕樹，有許

多長長的氣根垂到地面。她慢慢朝著那棵榕樹走，恍惚看到榕樹背後有個藍色身影閃了閃，她急忙加快腳步走過去，可是繞到樹後一看，卻什麼都沒有。她心急如焚，慌張地朝前胡亂走著，卻被粗大的氣根絆倒，跌破了皮。顧不得疼痛，她很快爬起來，繼續往前走。

可是，向來走不穩的她，既要看前方，又要顧著走路，才站起來，又撲跌下去。勉強起身，卻踩到草地上的天鵝糞便，腳底一滑，整個人往湖裡溜進去，「嘩」地落了水，她嚇得胡亂拍打水面，想要喊救命，卻只能發出「哥哥」、「哥哥」的聲音。幸好花園邊人行道上的路人遠遠發現小夏落水了，大聲喊叫：「有人掉湖裡了！快救人啊！」

附近的人聞聲紛紛衝往湖邊，身邊嘈雜的聲音讓小夏媽沒來由地一陣心悸，抬起頭來，四處張望，卻看不到小夏，她慌慌叫著：「小夏！小夏！」下意識跟著往湖邊跑。她拉開圍聚的人群，就見湖面漂浮著鵝黃色的衣衫，赫然是今天小夏穿的衣服。她心跳快得要躍出口腔，來不及細想，急急跑往湖水裡，「小夏！小夏！」，根本忘了自己不會游泳。

說時遲、那時快，有位男士已經先一步跳進湖裡把小夏救了起來，做了幾次人工呼吸，立即把小夏抱在懷裡說：「快送急診室！」小夏媽跟著後面跑，心慌得像要丟失了寶貝，邊哭邊喊著：「小夏，小夏，妳不能出事啊！」

隨著小夏媽跑遠的腳步聲，身後有人碎碎念著：「奇怪了，這湖離路邊有段距離，這個小女孩是怎麼掉進去的？」

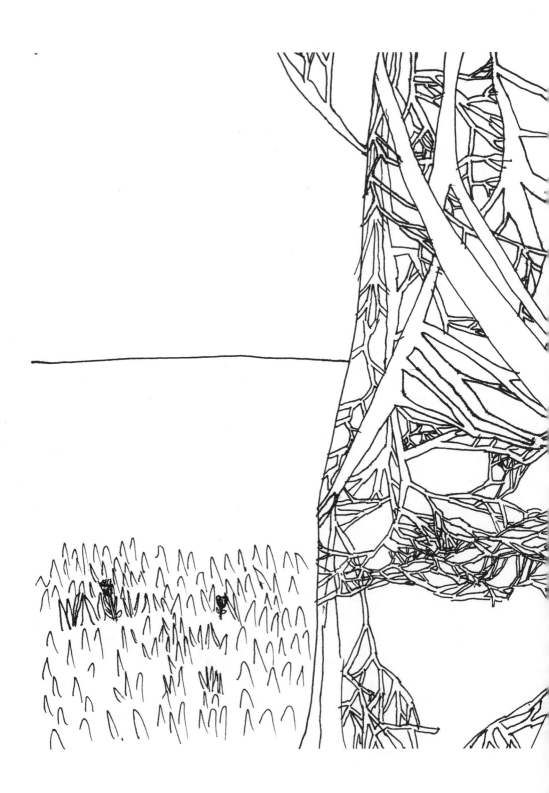

迷寶花園

　　當小秋發現媽媽和小夏出現在春城醫院時，他激動得不停地說：「我就知道，我就知道她們一定會來的，我太開心了。」

　　小秋住在醫院裡的迷寶花園快要四年了，期待這一天的來臨實在很久了，他一秒鐘也不想再等待地衝出榕樹拱門要跟她們相認。可是，另一個叫做拼圖的迷寶卻緊緊拽住他，將他拉回榕樹林裡：「你瘋了，白奶奶說過，白天人太多，我們必須乖乖待在這裡，如果被發現就慘了，你會害得我們大家都會出事。」

　　「他們又看不到我們。」小秋忿忿地說，賭氣地用力甩掉拼圖的手，坐到榕樹椏上生悶氣。

　　「少騙自己了，你妹不是就看到你了。你平常那麼冷靜的人，怎麼會這麼衝動，反正我管不了你，等白奶奶回來，你自己跟她說。」

　　小秋深呼吸了幾回，心情慢慢沉澱下來，又不甘心地低聲慰了拼圖一句：「等你見到自己爸媽時，看你還會不會這麼冷靜？」

　　就在這個時候，另一個迷寶月兒不嫌事大的跑過來嚷著：「小秋哥哥，你妹妹掉湖裡了！」小秋再也克制不住，從榕樹椏跳下來，「我要去救她！」

　　事情發生得太快，拼圖根本來不及阻止。就在小秋剛剛衝出榕樹拱門時，就被白奶奶擋住：「小秋，你現在不能去。小夏嗆了幾口水，已經沒事了。我知道你著急，等晚上夜深人靜的時候，我就不攔你。

現在，跟我回去吧！」

　　小秋知道，出了榕樹拱門，他們就失去了保障，若遇到可以窺見靈魂體的人，他們就可能發生危險。他不能那麼自私，只好垂著頭跟著白奶奶往榕樹林深處走，頹喪地蜷縮在彷彿子宮般的榕樹洞裡，用手蒙住臉，默默流淚。拼圖靠在他身邊，想安慰他，卻不知該說什麼，只能無奈地拍拍他的肩膀。來到迷寶花園這麼久了，小秋一直都是笑口常開，所以大家都叫他「開心果」，拼圖從不曾見過小秋這麼傷心。

　　小秋抽抽答答地說：「我看到我媽媽了，她好漂亮。可是，可是，她的眼睛看起來好憂傷，就像罩著一層霧，朦朦朧朧地看不清楚。而且，她跟醫師說話時，一次都沒有提到我，她是不是忘記我了，她如果忘記我了怎麼辦？」

　　白奶奶把小秋摟在懷裡：「我們要往好處想，你媽媽和妹妹來春城醫院了，這是好的開始。既然小夏可以看到你，你應該先和小夏建立關係，幫助小夏。我看得出來，小夏不開心，她走路也有問題，甚至拒絕跟旁人說話，所以語言能力也比同年齡的人要差，這個結要靠你解開了。」

　　這些迷寶跟一般的孩子不同，乃是一群因為疾病、意外或是爸媽選擇放棄而無法順利出生的孩子，也就是尚未成熟的胎兒，其中有些迷寶心懷怨氣、傷悲，甚至對塵世戀戀不捨，於是，他們的靈魂在醫

院長廊來回穿梭，既不願離開，又彷彿迷路般找不到回家的路。例如小秋、拼圖、月兒都是。每當白奶奶在產房或手術室門口接到這樣的孩子，就會帶往迷寶花園住下來。

畢竟這些迷寶都很幼小，大多數都是在突發狀況下，被迫脫離母腹死去，初次來到迷寶花園，對周遭事物感到陌生、害怕，需要有人照顧他們。其中慈祥溫和的白奶奶就是天神派來照顧迷寶的守護者，她擔任守護者這個角色也有好長一段時間了。她是陽光且積極的代表，無論迷寶多麼頹喪、絕望，她都會竭盡心力陪伴，並且鼓勵他們，白奶奶的唯一心願就是每個迷寶都能去到陽光樂園。但是，另一個迷寶花園的破壞者黑爺爺恰恰相反，滿肚子壞點子不說，因為他不甘心讓白奶奶稱心如意，總是想盡辦法誘拐迷寶，灌輸負面、灰色的想法，極力要把迷寶帶到充滿悲傷與仇恨的暗黑大陸去。

這些收容迷寶的迷寶花園，大都位在醫院附近，並且生長著大量榕樹，因為榕樹根圍繞形成的樹洞彷彿媽媽的子宮，氣根則像是媽媽的神經、血管，或是胎兒的臍帶，迷寶住在其中，感覺上很熟悉，比較有安全感。加上榕果更是專屬迷寶們的生命果，可以提供他們的精力來源，迷寶們住在榕樹林，方便就近取食。

由於春城醫院的婦產科特別出名，許多不孕症或多胞胎的女性都會到此求診，因此這兒的迷寶花園收容的孩子就比較多。小秋、拼圖

和月兒就都住在春城醫院的迷寶花園裡。這些不足月的胎兒就像個嬌小的迷你寶寶，雖然沒有降生到世界上，在天神眼裡，也是寶貴的生命，值得被尊重疼惜。所以，天神希望給這些迷寶機會，完成在人世間的最後心願，然後心甘情願地去到充滿快樂的陽光樂園裡，等待將來有機會跟爸媽重逢。

　　白奶奶負責的迷寶事物眾多，除了守護心靈、關懷生活，她還有一項偉大的使命，就是為每個迷寶命名。如果胎兒時期被爸媽取了名字的就繼續沿用，例如小秋；至於拼圖，因為他有一對喜愛拼圖的爸媽；月兒呢？則是在中秋節的夜晚來到迷寶花園的。當然，有些迷寶也會為自己取名字。

　　迷寶的模樣跟離開媽媽子宮時的月分大小無關。白奶奶跟每個迷寶初次見面時都會跟他們解釋：「天神希望你們能有自己的思想，自己做選擇，而你們對媽媽子宮裡的記憶大約維持到六歲，六歲以後就會漸漸遺忘，所以你們現在的模樣，就是你們六歲時的樣子。」至於迷寶的穿著就像白奶奶的白披風、黑爺爺的黑斗篷，一年四季只有一套，一但迷寶選定服裝和髮型以後，這就是他們個人的專屬造型。那麼，迷寶可以在迷寶花園裡住多久呢？天神訂的標準就是六年，但跟他們何時完成心願的時間長短有關，如果三個月就完成心願，就可以提早去陽光樂園。截至目前為止，還沒有一個迷寶住滿六年的。

就拿小秋來說，他是這群迷寶中年資比較久的，他和小夏是雙胞胎，媽媽懷孕三十二週時，臨時早產破水，他倆的心跳都很微弱，先出生的小夏經過搶救後呼吸和心跳回穩，送進新生兒加護病房。但是小秋就沒這麼幸運了，他出生時臍帶繞脖子，還繞了三圈，呼吸和心跳全都沒了，沒有搶救回來，從此跟小夏陰陽兩隔。即便如此，他依舊期待能夠與爸媽和小夏相見，聽到他們肯定他曾經真實活過，不要為他沒有平安出世而爭吵不休，更能好好愛小夏。雖然他多年來陪著白奶奶送走好幾位迷寶，一直沒有等到自己心願的完成，卻依然樂觀地鼓勵其餘的迷寶。但是，這回他這個開心果卻要變成傷心果了。

　　向來貼心的月兒悄悄靠過來，把一顆紅褐色的榕果遞給他：「小秋哥哥，吃一顆榕果吧！心情就會飛起來喔！」

　　小秋抹掉眼角的淚水，抬起臉，扯扯嘴角，淡淡笑了笑，摸摸月兒的頭頂。迷寶們都知道榕果有多珍貴，當他們心神衰弱，快要支持不下去時，榕果可以為他們增添心靈力量。因為，一旦迷寶們失去了內在的心靈力量，即刻就會消失無蹤，無法待在迷寶花園裡繼續等待，這是迷寶們最不能接受的結果。

　　然而，小秋沒有接受月兒的好意，反倒站起身說道：「妳自己留著吧！假如哪天遇到妳媽媽，就可以派上用場。」然後，小秋走到拼圖身邊，握著小拳頭輕敲著他的臂膀說：「對不起，我剛剛太衝動了。」

「沒關係，我都懂。」拼圖用力抱了抱小秋。他好想告訴小秋，如果連小秋也崩潰了，他們怎麼辦？昨天才有一個叫做玻璃的迷寶，在迷寶花園等待好幾個月後，聽說媽媽又有小寶寶了，以為媽媽不要她了，傷心過度而選擇消極放棄，心靈頓時失去支撐力量，隨即在他們眼前迅速消失了，徹底離開了迷寶花園。親眼目睹玻璃離開的迷寶們更是飽受驚嚇，拼圖想到玻璃的不幸，又說了一句：「我們都要加油！要堅持到底，不要放棄任何希望。」

　　白奶奶望著這一幕，心裡有許多感觸。好幾次她都想出手幫助迷寶們跟爸媽相見，讓迷寶早日完成心願。可是，這樣她就犯規了，她會被天神取消照顧迷寶的資格。因為迷寶的爸媽或家人必須自己改變對迷寶的想法，他們的愛必須是發自內心的，不能經由旁人的逼迫甚至勉強而成，否則，迷寶還是無法順利去到陽光樂園。因此，白奶奶只能對小秋他們招招手並溫柔地說：「走吧！等天黑再說。」

　　迷寶花園暫時重獲寧靜。小夏的狀況卻不穩定，因為落水後獲救的小夏開始發高燒，醫師建議住院觀察。小夏媽好不容易辦完手續，安頓好小夏，正坐在陪病床上喘口氣時，因接到電話通知而急忙趕過來的小夏爸就到了，他緊張兮兮地追問：「怎麼回事？妳不是帶小夏來檢查的，怎麼會掛急診？」

　　小夏媽聽得出小夏爸語帶指責的意味，氣得頭發暈，才要站起來，

就又跌進陪病床，眼淚差點掉下來：「你以為我願意啊！誰知道小夏這麼不聽話，叫她不要亂跑，她竟然跑到湖邊去玩。你能幹，你來照顧，孩子又不是我一個人的！」小夏媽憋住許久的淚水終於迸了出來。丈夫不會甜言蜜語也就罷了，偏偏還這麼不懂得安慰人。她工作忙碌壓力大，還要抽時間懷孕生子，幾頭馬車的她都快要累垮了，他為什麼就不能多加體諒？

人在盛怒中說話難免傷人，小夏爸回嘴說：「當初是妳自己同意生孩子的，我也沒有逼妳，那妳把孩子塞回去啊！」

小夏媽瞪大眼睛，簡直不敢相信自己耳朵聽到的，她拎起包包，起身就往病房門外走：「我不管了，有本事你自己顧。」

睡在床上的小夏雖然常常聽到爸媽吵架，還是被嚇得不輕，她拉拉爸爸的衣角，眨著水汪汪的眼睛，卻說不出話來。小夏爸回身拍拍她，「小夏，對不起，爸爸太大聲了。妳睡一會兒吧！爸爸也休息一下。」

點滴裡的退燒藥讓小夏昏昏欲睡，但是她睡得並不安穩，她又夢到小秋了。起初小秋對著她笑，然後突然就不見了。她揮舞著雙手要去抓小秋卻抓不到，幾次落空，她張嘴就要哭。這時有人拉了拉她的腳，她下意識又踢又抓的，幾度掙扎後，她用力睜開眼睛，意外發現夢裡的小秋正笑咪咪地站在她的床前。她眨了眨眼睛，想要確定到底

是夢境還是真實？小秋又捏捏她的腳說：「嗨！小夏，妳好，我是小秋。」

小夏高興地立刻張嘴要叫「哥哥！」，小秋用食指放在嘴前，暗示她不要出聲。

「你真的是我哥哥？」小夏看了看陪病床上正在打呼的爸爸，壓低聲量說。

小秋點點頭：「小夏，妳比我先出生，我應該叫妳姊姊的。」

「哥哥，我就要叫你哥哥！」她記得清清楚楚，在媽媽的子宮裡，小秋的位置靠下面，他應該先出生做哥哥，她喜歡做妹妹，被哥哥照顧保護，就沒有人會欺負她。她滿肚子的困惑爭先恐後要冒出來，先問出口的是心中懸疑已久的問題，「哥哥，你躲到哪兒去了？為什麼我都找不到你。」

小秋想了想說：「我一直都在春城醫院等你們。」

「我下午看到的真的是你？」小夏不太明白小秋為什麼要在醫院等她，不跟他們一起回家？她緊緊拉住小秋，「你趕快叫醒爸爸，他看到你會很高興的。」

小秋拍著小夏的手背，向她搖搖頭：「妳先不要告訴爸爸，爸爸他……他看不到我，只有妳看得到我。」

「為什麼？」小夏覺得很不可思議。

小秋知道這事要慢慢跟小夏解釋，決定先換個方式轉移話題：「妳發現沒有？看到我之後，妳就開始會說話了，而且說很多很多話？」小夏皺了皺眉，仔細回想思索，恍然大悟般：「真的耶，好奇怪！是不是以前我看不到你，心裡不高興，就不想說話？」

　　「那妳現在看到我了，是不是可以開始跟爸媽說話？他們都很擔心妳耶。」

　　小夏搖搖頭，撇了撇嘴不以為然地說：「他們天天吵架，我一哭，他們就罵我愛哭鬼。你趕快回來，他們應該比較喜歡你。」

　　小秋嘆口氣：「他們大概早就忘了我吧！妳快別說話了，再睡一會兒，今天掉進湖裡，妳一定很害怕，也很虛弱，要多多休息。」小夏卻抓住他的手：「哥哥，你不要走，你陪我，我不要做噩夢。」

　　小秋微微喘著氣，他知道自己現身的時間快要達到極限，不能停留太久，但還是點點頭說：「好，我等妳睡著再離開。」

　　小夏因為安心，很快就睡著了。小秋走到爸爸面前，靜靜地凝望爸爸，他猜不到爸爸的心思，也不曉得他們為什麼都沒有提到他的名字。當初他在媽媽子宮裡，明明聽到爸媽討論名字時，媽媽開心地提出她的點子，「兩個寶寶的預產期在九月初，剛好夏秋之交，姊姊就叫小夏吧！」爸爸贊同地說：「那弟弟就叫小秋。」而且爸爸還好幾次貼著媽媽的肚皮跟他們打招呼：「小夏、小秋，我是你們的爸爸喔！」

到底發生了什麼事？爸媽連提都不提他，好像他從來不存在。他猜不出原因，白奶奶也不肯告訴他。他只能低下身子靠近爸爸耳朵說：「爸爸，我是小秋，我好想你和媽媽，如果你們也想我，一定要讓我知道。」

　　爸爸皺了皺眉頭，翻了個身，身上的薄被滑下地，小秋想要拾起薄被，卻發現自己根本抓不起被子。他無奈地苦笑一下，跟爸爸說：「爸爸，晚安，希望你會夢到我！」

　　小秋走出病房時，渾身透支得幾乎跌坐在地，守候在病房外的拼圖連忙扶起他，儘快帶他回到迷寶花園。剛踏進榕樹拱門，拼圖立刻就遞了個榕果給他，「你快點先吃下去！」小秋跟家人會面耗去他不少心力，他不再拒絕拼圖，而是以最快速度吃下榕果，身子倚靠著榕樹幹喘著氣。雖然仍感虛弱，他的心卻像枯萎的花草受到雨水的滋潤，緩緩挺起腰桿，嘴角微微上彎，或許正如白奶奶所說，這是一個好的開始。

月兒不見了

55

小夏感染肺炎後，連續發燒幾天，只好繼續住院，這剛好給了小秋機會，他可以每晚都去陪伴小夏，順便跟她分享迷寶花園的故事。因為他發現，小夏的體質特殊，不但能看到他，也能看到其他迷寶。只是他每回停留的時間不能太久，以免心神耗弱，又得要用珍貴的榕果來補充精神。畢竟榕果只在每年的四、五月盛產，除了他們需要，還有許多小鳥爭食，萬一就在心願達成的關鍵時刻，榕果儲存量不夠，那可就功虧一簣了。

小夏住院第三天晚上，興奮地跟小秋報告好消息：「哥哥，我這兩天會說好多單字，醫師說我去念幼兒園會進步更快，你說棒不棒？」小秋也替小夏高興，卻擔心她走路走不穩，在校園裡容易摔跤。正要提醒她小心謹慎，還沒來得及開口，拼圖就匆匆忙忙趕過來：「小秋，快走，月兒不見了。」

小秋的心跳頻率急速增加，慌忙跟小夏說了再見，就往樓下衝，邊跑邊敲著自己腦袋跟拼圖說：「都怪我，只顧著來看小夏，忘了提醒你多注意月兒，每次月圓，她的狀況都不穩定。」當初白奶奶幫月兒取這個名字，正是因為中秋節當天，月兒媽摔了一跤，導致三個多月的月兒，來不及在母腹內長大，就結束了她跟媽媽相依為命的關係。

拼圖是資歷僅次於小秋的迷寶，所以他負責整個迷寶花園的巡查工作。每到午夜十二時，他必須到每個樹洞逐一確認迷寶的安好，檢

查榕樹拱門有無迷寶之外的人侵入的跡象。若有突發狀況，他就必須立即通知小秋和白奶奶。小秋急著跑向迷寶花園邊問道：「她常去的幾個地方你都找過了嗎？」

「都找過了，我也問過其他迷寶，沒人看到月兒。」

穿過榕樹拱門，小秋抬頭張望，只見這晚的月亮特別大特別圓，離樹冠好近，好像樹冠上頭撐著一把大白傘。他心血來潮有了想法，「月兒可能在天梯上頭，我去看看。」「天梯」是迷寶花園裡最高的一棵榕樹，差不多七、八層樓高，所以迷寶們認為天梯的樹冠離天最近，更接近陽光樂園，明知道危險，有些迷寶還是會冒險爬上去。

小秋緊緊攀附著榕樹枝，手腳並用地慢慢往上爬，拼圖對著他大叫：「我怕高，我就不上去了，你小心一點。如果不行，就等白奶奶回來，她一飛就飛上去了。」

小秋等不及了，他怕慢一步，月兒就發生意外離開他們。探望小夏已經耗費不少氣力，小秋花了不少功夫，分好幾段慢慢爬，才氣喘吁吁地爬到天梯頂端。休緩了會兒，才使盡力氣叫喚月兒的名字，「月……月……兒，妳在哪……兒？我是小秋哥哥！」他抓住身邊幾根樹枝，先穩住自己，再把樹冠頂部看了個遍，這才發現月兒原來躲在樹枒間偷偷流淚，她不停抖動的身軀，讓樹冠上的小秋晃了晃，差點沒站穩。

深呼吸一口氣，小秋讓焦躁略為平復才問她：「月兒，發生什麼事情了？」

　　「我好想玻璃，她為什麼不告訴我一聲就走了。」月兒吸了吸鼻子說。

　　小秋把月兒帶往堅固一點的枝條，在她身邊坐了下來，跟她分析：「白奶奶說過，她是玻璃娃娃，身體有好幾個地方骨折，即使勉強生下來，也長不大。這不能怪她媽媽，她媽媽也很難過的。可是，她卻認為是她媽媽太喜歡玩手機害她變成這樣，所以心裡充滿怨恨。妳不一樣，妳很愛媽媽。」

　　「我愛她有什麼用？我在媽媽子宮裡聽過她怪我，就是有了我，爸爸才會不要她。」月兒的頭垂得低低的。

　　「或許，爸媽們都有他們的苦衷，我們不暸解……。」小秋心頭也是一片迷惘。他記得月兒來到迷寶花園那晚，白奶奶知道有個孩子即將流失生命，匆忙趕到手術室，小秋和拼圖則守在門外準備接應。當時月兒媽不斷哭嚎：「醫師，你要救救我的孩子，我只有她一個親人了！」小秋也曾把這段經歷告訴月兒，希望可以激勵她。可是，月兒卻悲傷地說：「如果媽媽愛我，她應該好好保護我，不該讓我死掉。」

　　小秋頗為納悶前幾天還有說有笑地安慰他的月兒，怎麼會突然變得如此消沉？這時，天空的月亮恰被一朵烏雲遮蔽，天梯附近暗了下

來，月兒身穿的乳白色裙裝胸前的黃色彎月圖案蒙上了一層灰色，小秋心裡有著不祥的預感，他握住月兒的手問她：「是不是黑爺爺來過了？」

上次玻璃離開時，就有迷寶發現黑爺爺趁著白奶奶不在，來過迷寶花園，企圖拐走一些意志不堅定的迷寶。白奶奶是光明天使，她真心愛迷寶，暗黑天使的黑爺爺卻經常跟白奶奶上演迷寶爭奪戰。小秋免不了擔心黑爺爺又施展暗黑招數。

月兒搖搖頭，沒有回答小秋的問題。她真的很迷惑，不曉得該如何堅持下去？她抬起頭，望著再度鑽出雲層的月亮，好想知道，媽媽這時候是不是也跟她望著同一個月亮？

剛過晚餐的高峰期，客人漸漸少了，在餐廳擔任服務生的月兒媽，從廚房的窗子望出去，一輪好大好圓的月亮正對著她，就像她當初躺在手術室頭頂那盞白晃晃的大燈。她一陣暈眩，忙扶著洗碗槽的邊緣穩住自己的身體。

同事小菊走過來，在她耳邊小聲說：「妳先回去休息吧！這些我來收拾。那個陳先生又來了，妳如果不想見他，就從後門走吧！」月兒媽悄悄掀起廚房跟餐廳間的隔簾，就見陳先生點了三道菜和一瓶啤酒，邊吃邊往廚房這邊打量。這個男人怎麼就不死心呢？她明明斬釘

截鐵地告訴他，「我們完了，結束了！」

　　她跟陳先生就在這家餐廳裡認識的。那天適逢連續假期，客人特別多，卻遇上一個喝多的客人，纏著月兒媽要她敬酒。她禮貌地解釋自己正在上班，不能喝酒。雙方拉扯之間，酒就灑在客人襯衫上，客人扯著嗓門說他的襯衫是名牌，值好幾千元，要月兒媽賠償。月兒媽的月薪本就不多，哪有辦法一下子賠給客人這麼多錢。就在她幾乎要哭出來時，隔桌的陳先生看不過去，為她仗義執言：「不過一件襯衫，我替她賠，欺負一個女人算什麼男人。」

　　之後，陳先生又來過幾次，月兒媽見他和善可靠，就開始跟他交往。不久後她發現自己懷孕了，為了確認還到醫院檢查。當她躺在檢查臺上聽著寶寶的心跳，她又哭又笑的跟照超音波的檢驗師說：「我要當媽媽了。」可是，當她拿著超音波照片，喜孜孜告訴陳先生這個消息時，萬萬沒想到，原本還笑容滿面的陳先生瞬間冷著臉說：「打掉吧！我不喜歡孩子。」

　　驟然間她像跌入冰窖般渾身發冷，怎麼會這樣？他明明信誓旦旦說要跟她結婚的，他卻不要他們的孩子。她死活不肯去打胎，陳先生只甩下一句話：「妳不要後悔。」那以後，陳先生再也沒有出現。夜深獨眠時，月兒媽忍不住撫摸自己的肚子，輕聲問：「我要不要留下你啊！寶寶。留下你，你爸爸就不要我了。可是，要放棄你，媽媽也

捨不得啊！」

　　過了好一段日子，月兒媽按耐不住思念，就向另一位熟客打探陳先生的近況，這才知道，陳先生早就結了婚，還和太太生了兩個孩子。月兒媽嚇得差點拿不穩菜盤，原來他不是不喜歡孩子，而是他已經有孩子了，那她不成了第三者？她無法接受小三這樣的身分。就在那一刻，她決定徹底跟陳先生斷絕來往，她要自己生下孩子，獨力撫養。為了籌措未來的育兒費、奶粉錢，月兒媽放棄休假，拚命工作，甚至主動幫同事代班。

　　她以為這樣就可以平安無事，直到中秋節那晚，出了意外狀況。

　　中秋節當天，她上了一整天的班，拖著沉重的步伐回到租屋處，門口站著一個滿臉怒容的中年女人，竟然是陳先生的太太。

　　見到月兒媽，陳太太不由分說便甩了她一個耳光，大聲怒罵她：「妳這個小偷，偷我的老公，還偷懷他的孩子，簡直是不知羞恥。」她說完就用力一推，月兒媽整個人直接撞向大門，腦袋一陣暈眩，身體不禁滑落在地。陳太太依舊不肯放過她，又往她已經微微隆起的下腹部踢了兩腳：「小偷，我讓妳生不出來。」然後，陳太太扔下不屑的眼神，轉身快速離去。

　　月兒媽抱著肚子委屈地哭喊著：「不是我的錯，我不是小偷……。」她的肚子傳來一陣陣抽痛，腿間流出血來，她直覺不對勁，可是下腹

部痛得起不了身，只好拚命呼叫：「救命！誰來救救我，救救我的孩子。」昏倒前，月兒媽看到天上的圓月在她眼中成為一條線，彷彿她的寶寶心跳就在剎那間停止歸零。

她恨死陳先生，欺騙她的感情，害她失去了孩子，她怎麼可能還會想再跟他有任何瓜葛。於是，拿著包包，她從後門繞過防火巷，剛走到馬路上，就看到陳先生靠著車子，盯著她已然扁平的肚子瞧了瞧，然後一派輕鬆地說了句：「既然孩子沒了，妳就回來我身邊吧！」

她掉頭往公車站跑，來不及衝上公車，就被陳先生抓個正著，不給她任何拒絕的機會，拉著她就走！月兒媽顧不得自己就在人來人往的街邊，歇斯底里地破口大罵：「你這個騙子，騙了我的感情，還派你太太來害死我的孩子。你知不知道，我的子宮破裂，我再也生不出孩子了！明明做錯事的是你，為什麼我來受罪？我恨你，我再也不要看到你！」

陳先生卻恍若未聞般抓住月兒媽，猛力把她塞進車子裡，踩了油門往前開。可是這回，月兒媽已徹底死心，趁著車子急轉彎時，她拉開車門，不顧一切跳了出去，後方汽車嚇得緊急剎車，但是路過的機車卻剎不住，直接撞上月兒媽，她整個人摔向行人道，頓時不省人事。

此時，跟著小秋坐在天梯樹冠上的月兒，彷彿心電感應似的，立即對小秋說：「我胸口悶悶的，很不舒服，好像是我媽媽出事了。」

她急忙往樹下爬，小秋亦步亦趨地跟著她，「妳不要急，慢點來，要踩穩比較粗的樹枝……。」雖然迷寶摔下樹不會骨折受傷，但是這種高度摔下去，卻會大大耗損他們的元氣，讓他們變得虛弱，必須服用榕果，休養好些天才能恢復，所以他們不得不小心翼翼。

爬到一半，救護車的鳴笛聲由遠而近傳來，逐漸靠近春城醫院。在第一時間得知消息的白奶奶已經趕過來，飛上榕樹說：「月兒，妳媽媽出車禍了，來，我帶妳過去。」白奶奶抱著月兒飛往急診室，小秋和拼圖只能在後面跑步跟隨。剛進急診室的門，白奶奶指著擔架上渾身是血的人對月兒說：「那就是妳媽媽。」

月兒直覺情況不妙，忙問道：「白奶奶，我媽媽是不是會死掉？妳要救她，拜託妳要救救她。妳只收容迷寶，妳不會帶走大人的，對不對？」月兒萬萬沒想到，她跟媽媽會在這樣的情況下見面，這會是她們第一次、也是最後一次的見面嗎？

妳是我的寶貝

　　經過緊急搶救，月兒媽的命算是保住了。可是，她的右大腿遭到機車撞擊嚴重骨折，另外摔到地上時腦部受傷，出現腦震盪症狀，躺在加護病房裡，身上插滿維生的管子，氣息微弱，整個人呈現半昏迷狀態。

　　月兒每晚都來看媽媽，她知道這是她們母女難得相處的機會，更有可能改善她們的關係。但又怕媽媽腦部受傷，忘記了曾經有她這個女兒，她憂心如焚，擔心媽媽仍有生命危險。即使白奶奶跟她保證，「妳媽媽會醒過來的，妳放心。妳不能再這樣不停哭泣了，妳每天去看媽媽，已經耗費太多心力，即使服用榕果，也不太可能延續妳的元氣。聽白奶奶的話，減少去看妳媽媽的次數吧！」

　　月兒拚命搖頭，淚水四濺，把白奶奶的衣衫都弄濕了，「我要把握時間，我怕她就這樣走了，我還沒有聽到她說她愛我，不後悔有過我這個小孩。」

　　小秋也提出建議：「要不然我們輪流去幫妳看媽媽，好不好？如果有緊急狀況，就立刻通知妳。還有，我妹妹每個星期都會來醫院復健，我請她去看妳媽媽，妳要跟媽媽說什麼話，我讓我妹妹轉告。」他轉頭問白奶奶：「白奶奶，這樣不算犯規吧？」

　　白奶奶才要回答，月兒就大聲拒絕，「我自己的媽媽，我要自己去探望！」白奶奶見勸阻無效，只能尊重月兒，幽幽嘆口氣，無奈地

轉身。

　　過了幾天，月兒媽終於醒了，轉到普通病房。父母早就過世的她，除了同事小菊利用下班時間來探望，她的薪水收入又請不起護工，大腿打了石膏的她，行動萬分不便，像如廁、進餐等事，只能靠護理師抽空來簡單照料她的需求。終日躺在床上的月兒媽，只是呆呆望著窗外，就像一本翻開的小說始終停在同一頁，劇情無法繼續下去，誰跟她說話，她都面無表情地冷漠以對。

　　月兒看著媽媽呆滯的眼神，萬分憂慮，詢問陪同前來的小秋：「怎麼辦？我媽媽會不會想不開啊！」畢竟醫師只能治療身體外在的傷口，無法醫治內心的傷痛，陳先生那般苛待侮辱她，就像在她的傷口上又割了幾刀，在遭到感情欺騙以及失去孩子的雙重打擊下，她萬念俱灰，不明白自己活下去還有什麼意義？

　　小秋看此情況不太妙，即使月兒沒有拜託他，他還是去找在醫院做物理治療的小夏，把月兒的故事告訴她，請她幫忙。剛好最近都是保母陪伴小夏到醫院治療，小夏按照小秋的建議，跟保母說她要上廁所，趁保母坐在廁所外滑手機，從廁所另一個門跟小秋偷偷溜出去。幸好月兒媽的病房在同一棟樓，小夏只要緊緊跟著小秋，搭著電梯很快就到了。

　　小夏雖然沒見過月兒，卻樂於幫助她。她輕輕推開病房門，就聽

到月兒媽斷斷續續的哭聲，陪在旁邊的月兒卻手足無措。小夏走到月兒媽的床邊，輕拉著她的手問：「阿姨，妳怎麼哭了，哭多了眼睛會痛痛喔！」

月兒媽見到長著蘋果頰的小夏，不由想到自己的孩子，如果順利出生，也會長得這麼可愛吧！想著想著，月兒媽的淚水又控制不住。哭了一會兒，見小夏盯著她看，有些不好意思地擦了擦眼角說：「謝謝妳，我不哭了。」

小夏照著身旁小秋的教導，把桌上的水杯小心翼翼地端給月兒媽，望著她上了石膏的腿問道：「阿姨，妳是不是腳很痛？我唱歌給妳聽，妳就不痛了。」不等月兒媽回答，小夏就張口唱了起來——

我有一個夢想，想要一對翅膀，就可以像鳥兒飛上天空；
我有一個夢想，想要一把雨傘，就可以擋住所有的淚水；
我有一個夢想，想要一根魔法棒，就可以把憂愁變為快樂……

她唱得正起勁，病房門卻被人用力推開，陳先生氣勢凌人地走進來，一把將小夏拉到旁邊，凶巴巴地說：「妳是哪來的野孩子，走開走開！」然後他對著月兒媽卻換上一張溫柔面孔，「我已經幫妳請了護工，妳好好養傷。」

月兒媽絲毫不給他面子，吼道：「你走開！」邊嘗試著用手撐著床鋪，拱起上半身，想要坐起來，卻無能為力，只能用盡力氣對他嘶吼，「你走！你走！我不要看到你！我被你害得還不夠嗎？你少來貓哭耗子，我再也不相信你的任何話了。」

　　「芳芳，我愛妳啊！我要妳做我的女人。」陳先生卻不顧月兒媽的反應緊抱著她，她怎麼用力也掙脫不了。站在旁邊的月兒此刻大急，雖然她是第一次看到爸爸，可是她一點都不喜歡他，他害得媽媽傷心，也害得媽媽流產，她好怕媽媽心軟了，就會原諒爸爸，完全忘掉冤枉被害死的月兒。

　　這時，小秋忽然發現月兒的情況不太對勁，傷心、焦急，加上她近日來精力嚴重的透支，月兒的形體開始變得模糊，裙裝胸前的彎月圖案的黃色也變得好淡，再這樣下去，月兒尚未確認媽媽的愛，就可能要灰飛煙滅了。他緊緊拽住月兒，對著隨後趕來的拼圖說：「你趕快帶月兒回去。」一邊對不知所措的小夏說：「我送妳回物理治療室，保母可能正在到處找妳。保母如果問妳去了哪兒，妳就說自己迷路了。」小秋不得已教小夏扯了個小謊。

　　月兒放不下媽媽，又踢又喊地不讓拼圖帶她走。拼圖畢竟比她有力氣，硬是把她拉回迷寶花園，並且非常生氣地對她說：「妳想要前功盡棄嗎？大家都在幫助妳，也把珍貴的榕果送給妳吃，妳不能辜負

大家。黑爺爺一直找機會要拐跑妳，妳絕對不能自暴自棄啊！」

　　月兒實在好傷心，但是，看著圍在身邊的迷寶們的關切眼神，不好意思地抹掉眼周和臉頰上的淚痕，啞著嗓子說：「對不起，我實在是太擔心我媽媽了。」經過這次折騰，月兒終於答應改為每隔兩天去探望媽媽，保存精力。可是，每次去媽媽病房，她總是會遇見爸爸，她隱約覺得情況有點不太妙，媽媽似乎抵擋不住爸爸的熱情攻勢，心志有些動搖，想要重回爸爸懷抱。這對月兒來說，到底是好事還是壞事？

　　剛開始，月兒媽的確很堅定地拒絕陳先生的示好，他每次來都沒給他好臉色看。可是陳先生還是照樣來醫院，像牛皮糖似的趕不走，送雞精、靈芝精和各種補品給她，仗著月兒媽行動不自如，強行摟抱親吻她，把甜言蜜語當開水般餵給她喝，月兒媽漸漸不那麼氣他了。原本就缺乏親情的她，始終渴望有一份屬於自己的愛，明知陳先生的溫柔就像彩色蘑菇般，外表美麗，卻帶著毒性，她還是忍不住想要吃下去。

　　月兒媽不再抗拒陳先生的擁抱，看到他的出現，臉上有了微笑。月兒見狀十分焦急，她問過白奶奶，如果媽媽選擇原諒爸爸，媽媽是不是就可能不在乎曾經失去的月兒，也不會再想起她？即使媽媽以後想起她來，對已經消失不見的月兒也沒有任何意義了。白奶奶憂鬱的

臉色，彷彿給了她答案。

黑爺爺也不止一次對她說：「只有你們這些迷寶還傻傻地以為爸媽都記得你們，他們其實早就忘了，就像春天的花朵，凋謝以後，誰還會記得它曾經的美麗？」可是月兒不相信，她還抱著一點希望，即使這希望多麼的渺茫。

月兒幾乎每天午夜都會坐在湖邊，望著一叢叢已經冒出小花苞的曇花，喃喃自語：「我還看得到你們開花嗎？還能聞到你們的芳香嗎？還是像黑爺爺說的，即使你們開花了，也很短暫，夜晚開花，天亮就凋謝了，我會不會也是這樣？」她的聲音愈來愈虛弱，不仔細聽幾乎都聽不清楚。

小秋很擔心月兒會在某個時刻就如同晨霧遇見陽光而隨之散去，什麼都沒有留下。他想再努力一次。於是他又去找小夏，讓她從物理治療室偷溜出來。孰料這回小夏竟然拒絕了：「我上次說要上廁所，卻跟你偷跑出去，保母就告訴媽媽，媽媽很生氣，說我不認真治療，以後就不讓我來了。」

小秋雙手合十拜託她：「小夏，情況真的很危急，月兒可能這兩天就會離開我們了。我已經想到方法，妳只要把月兒媽帶到一個地方去，就可以救月兒。」

「月兒要離開你們？去哪裡？」小夏疑惑地問。

小秋不知如何解釋迷寶無法達成心願就會魂飛魄散的真相，也怕小夏聽不懂，只好說：「就是⋯⋯就是月兒會死掉，永遠看不到她媽媽。如果妳看不到媽媽，會不會很傷心？」

小夏點點頭。雖然媽媽有時候對她很凶，發脾氣罵她，可是她還是很愛媽媽，覺得媽媽好辛苦，要上班賺錢，下班又要煮飯、幫她洗澡，如果看不到媽媽，真的很可怕。她勉為其難地答應小秋，「這是最後一次囉，不然媽媽生氣，我就不能到醫院來看你了。」

因為月兒媽情況逐漸好轉，已經可以下床坐著輪椅四處逛逛。於是，小秋立刻領著小夏去探視月兒媽，一邊教她跟月兒媽說：「阿姨，妳好點了嗎？妳記得我唱的歌嗎？〈我有一個夢想〉。我今天的夢想是看天鵝，可是，我媽媽生病不能陪我去，妳陪我去好不好？」

月兒媽對小夏的印象很好，陳先生上次無禮地推開小夏，小夏年紀雖小卻沒有哭鬧，月兒媽心裡總覺得很對不起這個孩子，就點點頭答應她，請護工推著輪椅陪小夏去看天鵝。他們來到醫院二樓的天空迴廊，隔著透明玻璃往花園瞧，恰好可以看到湖泊、天鵝，還有坐在湖邊的月兒。小夏抬起肉嘟嘟的小臉，照著小秋的指示說：「我看到這個湖，就會想起我在媽媽肚子裡游泳⋯⋯。」

小夏的話題勾起月兒媽的記憶。她想起拿到產檢單那天，自己滿心歡喜地經過天空迴廊，考慮要如何告訴陳先生這個天大的好消息，

她有了他們的孩子，她要做媽媽了！此刻觸景傷情，她下意識摸摸自己的肚腹，想起她那個短命的孩子，眼睛潮濕起來，低語著：「寶寶，媽媽對不起妳，我沒有顧好妳，妳曾經住在我裡面，就像我身體的一部分……。」月兒媽終究還是藏不住心底深處的憂傷，摀著臉輕聲低泣，護工緊張地問她：「太太，妳怎麼了？是不是不舒服？我送妳回病房。」

就在這時，拼圖跑過來大聲呼喚：「小秋，月兒快不行了，我們送她過來了……！」隨即，溜溜球發揮他溜滑梯般的過人功夫，急速地把虛弱不堪的月兒送到月兒媽面前。小秋連忙教小夏跟月兒媽說：「阿姨，妳的寶寶很想妳！」

「是啊！我也想我的寶寶，她如果沒有流掉，現在都要出生了。」月兒媽想起自己流產後出院那天，再度經過天空迴廊，已是截然不同的心境。當時，她望著迴廊下方花園裡溜滑梯、盪鞦韆的孩子是那麼歡樂，她卻沒了孩子，又是孤身一人。她以為遇到了愛，卻失去得更多，只有寶寶在她子宮裡的那段日子，她才覺得充實溫暖啊！

她忍不住再次摸上自己的肚腹，輕輕地說：「寶寶，謝謝妳，雖然妳只陪伴了我一〇五天，卻是我最快樂的時光，謝謝妳來做我的孩子。寶寶，媽媽好想妳，妳在天上過得好不好？」

聽到月兒媽這段發自內心的告白，月兒蒼白的臉終於染上紅暈。

她好高興，媽媽沒有埋怨或嫌棄她，媽媽是愛她的。雖然她只陪伴媽媽很短的時間，她永遠是她的媽媽，她也是媽媽永遠的寶貝。她伸出快要抬不起來的小手，輕輕撫上媽媽的臉，月兒媽似乎感受到一陣微風吹過，不禁也用手撫摸自己的臉，月兒的小手就這樣被媽媽的大手覆上，她彷彿能感覺到媽媽掌心的溫暖。

月兒輕輕地說：「媽媽，我……愛妳……。」她邊說邊緩緩垂下小手，面帶微笑地閉上眼睛，最後一瞬間已不見任何悲傷。白奶奶將月兒抱在懷裡，穿過大片的玻璃，飛過迷寶花園，飛向遠方的天空。小秋、拼圖和溜溜球紛紛揮手送別月兒，又轉身向小夏鞠了一躬：「小夏，謝謝妳幫忙完成月兒的心願。」小秋不敢多加耽擱，迅快地把小夏送回物理治療室，只希望保母還在滑手機，沒有注意到小夏不見了。

月兒媽則請護工把她推回病房，她此刻終於做出重要的決定，她要徹底斬斷與陳先生的羈絆，不再依附他那不正常的感情，她要靠著自己堅強地活下去，去尋找一份真正的愛。

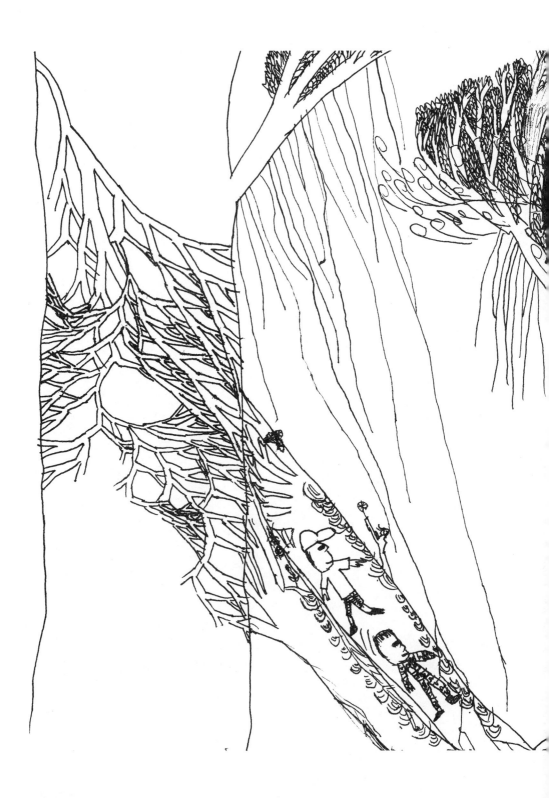

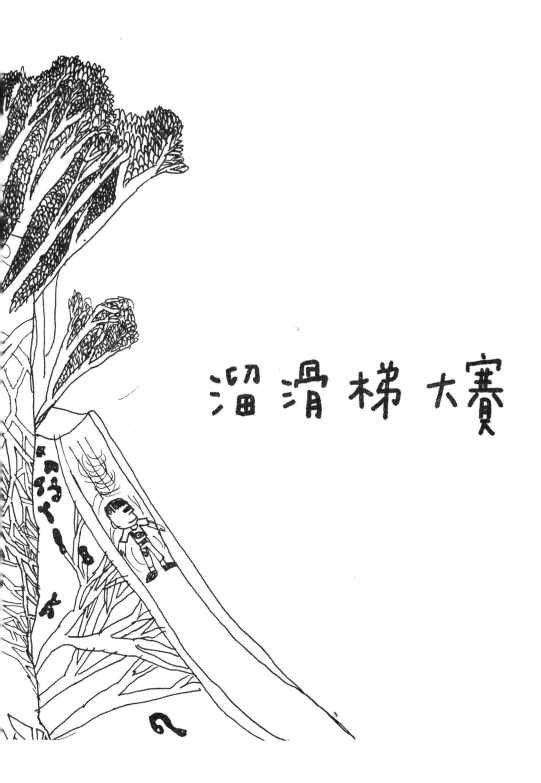

溜滑梯大賽

雖然幾經波折，月兒總算完成心願，讓迷寶們的士氣大振，都希望擁有這樣的好運氣，迷寶花園內更是充滿了歡笑。為了慶祝月兒實現夢想，溜溜球提出建議：「我們來玩溜滑梯比賽好不好？」

拼圖哼了一聲，不屑地說：「幼稚，你是溜溜球，就以為大家像你一樣愛玩溜滑梯。」

小秋用手肘頂了一下拼圖的胳膊，提醒他小心說話：「你幹嘛這樣說他，這次要不是溜溜球的滑溜功夫，月兒還沒辦法及時趕到見她媽媽呢！溜溜球立了大功，我們就陪他玩一下嘛！」

拼圖想到那天的緊急情況，若不是溜溜球協助，月兒的確有可能無法完成夢想，而徹底消失，也就不再提反對意見。

小蝌蚪及時響應：「對啊！對啊！我也很喜歡玩溜滑梯，我要跟溜溜球一組。」

在迷寶花園裡，每個迷寶喜歡的玩樂，多半都跟自己出生的背景類似，例如懷念媽媽羊水的小蝌蚪很喜歡在湖裡游泳；媽媽開花店的水瓶兒則對編織花環情有獨鍾。所以他們樂此不疲，不斷重複又重複此類玩樂。而天神為了體貼迷寶，在迷寶花園裡設置各樣遊樂設施，根據迷寶的喜好隨時變換，同時，也讓迷寶們在屬於他們的天地裡，跟正常孩童一般，可以爬樹、打水漂、游泳、摘榕果、扮家家酒。

說起溜溜球熱愛溜滑梯，卻是個感傷的故事。溜溜球出生的時候，

因媽媽難產，溜溜球卡在產道裡太久，好不容易生下來時，因為缺氧窒息太嚴重，沒有搶救回來，就被白奶奶接到迷寶花園。他剛到迷寶花園時，常常躲起來哭泣，認定都是自己溜滑的功夫太差，導致他做不了爸媽的小孩。直到他發現滑梯這種遊樂器材，跟著小秋一起玩了幾次，覺得滑梯就像媽媽生他時的通道，開始一次又一次的溜著，彷彿在鍛鍊出生技巧，愈溜愈開心，難得臉上有了笑容，竟然從午夜溜到黎明時刻，似乎一點也不覺疲累。小秋勸他稍停一下，溜溜球卻說：「小秋哥哥，如果不是我的技術太差，我就不會出生時卡住，溜不下來。那種感覺好可怕，沒有了羊水、聽不到媽媽心跳，好像有個大石頭壓在我身上，我幾乎不能動彈。」

小秋拍著他的背回應他：「我了解，我能體會，我也是在出生剎那，臍帶繞頸，無法呼吸……。」小秋被勾起了相同的回憶，眼睛一酸，忍不住跟著溜溜球跌宕在傷痛裡。考慮了一會兒，小秋答應溜溜球說：「這樣吧！明天我再陪你一起玩，現在太晚該休息了。」溜溜球才總算肯停止溜滑梯。

那天以後，有些迷寶非常害怕溜溜球找他們溜滑梯，玩個幾回還好，像溜溜球那樣瘋了似的溜個不停，如同要參加世界溜滑梯大賽，拚了命的溜，最後連小秋也受不了。還是白奶奶出馬，勸溜溜球不要強迫大家陪他玩，他才稍稍收斂。

難得今天大家同意玩溜滑梯比賽，溜溜球開心極了，主動設計幾種新鮮玩法，包括：單腳滑、頭頂滑、雙手倒立滑、先滾翻後滑落地、先滑溜再翻滾，還親自到滑梯那兒示範。接下來，迷寶們分成兩隊，一隊由溜溜球當隊長，一隊則是小秋帶隊。雖然新花樣的難度有點高，練過幾次後，大家覺得有趣好玩，就開始正式比賽。玩著玩著，互有勝負，競賽氣氛愈來愈高漲，已近午夜了，還有迷寶吵著說：「不要停，我還要玩！」

　　玩得實在太嗨了，溜溜球一個大翻滾，落地時整個人撞入一個硬繃繃、寒氣逼人的懷抱裡，溜溜球慌忙站穩，抬眼一看，竟是好幾天不見的黑爺爺，一張臉彷彿塗了黑炭，比平時黑了不知道多少倍。

　　「放肆！我這身老骨頭要被你撞散了，你們實在是玩得太過了，嗯～～」黑爺爺冷冰冰的口氣，加上刻意拉長的尾音，使得原先的歡樂氣氛，就像被大雪怪施了法術，周遭瞬時冰凍。迷寶們看情況不對，立刻縮著脖子一個個悄悄躲回自己的樹洞裡，只有小秋陪在溜溜球旁邊。溜溜球低垂著頭，站在黑爺爺面前，嚇得不停發抖。

　　「溜溜球，你自己說，來了多久了？你是不是忘了自己的任務？啊！～～」黑爺爺氣呼呼地提高聲浪。溜溜球囁嚅著說：「我記得，可是，白奶奶說那是不可能的任務，難度有點高，所以我……。」

　　黑爺爺瞪了他一眼：「你少拿白奶奶當藉口，如果你以為可以繼

續混下去，你自己看著辦！」溜溜球低聲回應：「白奶奶說，可以等六年的……」

「又是白奶奶，什麼都是白奶奶，她太寵你們了，那樣會害了你們。我問你，你難道沒有感覺到自己對娘胎的記憶逐漸模糊，快要忘掉關於你父母親的點點滴滴了嗎？你的期限也可能提早來到，別說我沒有提醒你。」黑爺爺一甩手，一個縱身，就從榕樹林裡消失不見了。

溜溜球氣呼呼地用力跺腳：「他就是要逼我跟他走，我討厭黑爺爺！」說完淚水就像開了瓶的汽水不停往外冒著，小秋只好摟著他的肩膀安慰他，溜溜球抹了抹眼淚說：「小秋哥哥，我是不是把心願訂得太難了？我只是想跟你們一樣，讓爸爸媽媽給我取個名字，這樣我才像是他們的小孩。」

「你不是已經有了溜溜球這個名字了嗎？你還說你很喜歡這個名字。」小秋很困惑。

溜溜球搖搖頭說：「我被帶到迷寶花園時，根本搞不清楚狀況。時間久了，我也不好意思跟白奶奶說我想改名字。溜溜球這個名字讓我記得自己的失敗，還有媽媽知道我救不活時的哭喊聲，每次想起來我都會好難過。」

這時候，從拼圖口中知道事情真相的白奶奶悄悄現身，為了安慰溜溜球，說出了當時的真實情況：「孩子，不是你的錯，不是你溜滑

的功夫不好，而是你媽媽生你的時候，她的身體出了意外狀況，無法讓你順利滑出來。」

「可是，黑爺爺說我快要消失了，而且我爸媽一直都沒有出現，我要怎麼讓他們知道，我想要一個名字，就像小秋哥哥那樣的名字？」

白奶奶只好又勸他：「只要爸媽愛你，有沒有名字沒關係的。」

溜溜球拚命搖頭：「那不一樣，有自己的名字，證明我是爸媽的小孩。不然每個小孩都叫做寶寶，只要有人叫寶寶，好多小孩都回頭，那他到底是誰的小孩？」這的確是讓白奶奶頭痛的問題，每個迷寶她都喜歡，希望他們早日完成心願，去到陽光樂園裡快樂生活。可是，她又不能干預過多，勸他們修改心願，或是伸手救援。

小秋望著溜溜球哭得肩膀一聳一聳的，只能在心底嘆口氣，他也有他的難題啊！小秋雖然擁有爸媽為他取的名字，可是，四年多了，他不曾聽過爸媽稱呼他的名字。現在小夏可以跟爸媽說話溝通了，可是只要小夏提到「小秋」這兩個字，媽媽立刻勃然大怒，歇斯底里地又喊又叫。他好怕小夏被媽媽傷到，所以他還特別提醒小夏：「妳不要在爸媽面前提到我了，尤其是媽媽，我不希望她那麼難過，她難過，我會感應到，我再另外想辦法吧！」

眼前看起來，溜溜球的心願更為急迫，心神耗弱的他隨時有危險。白奶奶也說過，樂觀的迷寶比悲觀消極的迷寶更有機會擁有長久的等

待期。因為小秋的精神狀況目前還不錯，所以，小秋決定先幫溜溜球，
或許，溜溜球的難題解決了，也可以帶給他靈感，想到好點子，實現
自己的願望。

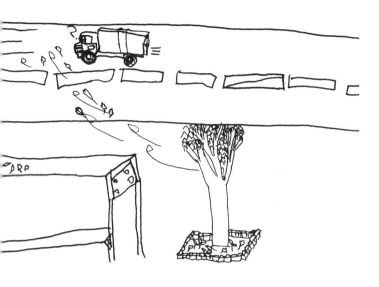

名字背後的愛

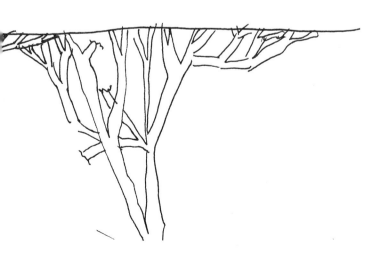

　　每個孩子都有屬於自己的名字，而名字的來源各種各樣。有的是爸媽得知懷孕以後，就為孩子取名字；有些是家中傳統必須請長輩命名；有些迷信的人會計算姓名筆畫數；有些覺得命名要慎重再慎重，但是想了很久都無法決定，只好等到出生報戶口時再說。

　　溜溜球爸媽就很重視替孩子命名這件事，只是夫妻倆一直無法達成共識，因此想等孩子出生了再說。怎麼也沒想到，溜溜球媽生產時發生意外，孩子來不及睜眼看這個世界，就停止了呼吸。因為出生已死亡的孩子不用報戶口，所以，他們就沒再想過幫孩子取名字。

　　其實，懷孕四個多月就知道孩子性別時，溜溜球爸媽便想為孩子取名字，可是想了好幾個，不是筆畫不好，就是念起來不好聽。常常出差的溜溜球爸，甚至利用搭飛機時想名字，還查了許多奇奇怪怪的字，到旅館就透過視頻跟溜溜球媽討論，卻始終無法定案。

　　溜溜球媽很愛吃芒果，懷孕期間更是嘴饞得想吃芒果，溜溜球媽就提議：「乾脆就先叫孩子芒果吧！先有個小名，等生了再說。」溜溜球爸卻覺得很怪異：「第一個孩子很重要，不要隨便取名字，要不然讓我爸爸取。」

　　溜溜球媽說什麼也不肯：「萬一我們只生這一個，我不想把孩子的名字交給別人取。」所以，懷孕期間，溜溜球媽就用寶寶、寶寶來呼喚溜溜球。

溜溜球媽的預產期臨近時，溜溜球爸特別趕回臺灣。未料，溜溜球媽提早破水，提前住院準備待產。幸好待產過程順利，夫妻倆還有說有笑地討論寶寶的名字。

　　子宮頸全開以後，推進產房時，醫師親切地跟他們說：「準備做爸爸媽媽了，寶寶名字想好了嗎？」溜溜球爸握著溜溜球媽的手說：「加油，我等著妳和寶寶一起出來，再一起幫寶寶選名字。」

　　沒想到，溜溜球媽用力到一半，當寶寶的頭已經可以看到時，溜溜球媽卻突然大出血，醫師評估可能是突發性胎盤剝離，這時要實施剖腹產已經來不及，只好剪開生產的通道口，並且用真空吸引器協助，儘速把寶寶吸出來。但是，寶寶因為缺氧過久，已然全身發紫，沒了呼吸、心跳，即使經過強心針、插管、壓胸等急救，寶寶依舊沒有出現生命跡象。一個三點五公斤的孩子，完全健康的孩子，誰都沒想到會發生此種意外，溜溜球媽更因為失血過多而昏迷。

　　溜溜球媽昏迷時，彷彿做了一場夢，很長很長的夢，她跟孩子在草原追逐奔跑，四周開滿金黃色的萱草花，孩子卻愈跑愈遠，她竭力嘶喊著卻叫不回來，然後哭著哭著就在病房裡醒來。她猛地張開眼，望著白色的天花板，窗外亮閃閃的陽光有些刺眼，分不清自己是在夢裡還是……？她坐了起來，摸著自己已經癟塌的肚腹，茫然地脫口問：「寶寶、寶寶呢？」

「妳醒了？寶寶他……他……。」坐在床邊的溜溜球爸握著她的手，說不下去了，他眼眶紅紅的，一滴、兩滴的淚，從眼角沿著面頰緩緩流下來，他有些困窘地側過臉，悄悄拭去。溜溜球媽從來沒有看過丈夫掉眼淚，他一向堅強，即使生意上出過大狀況也沒這般難過。她知道他也期待這個孩子的到來，經常飛來飛去各地出差、開會、談生意，再怎麼忙碌，他總是隨時關心她和孩子的情況。

　　溜溜球媽摸摸溜溜球爸的臉，輕輕撫去他的淚水，他哽咽地說：「我看過寶寶了，很漂亮，長得像妳，長大會是個小帥哥……。」她這才明白，她真的失去這個孩子了，孩子跟她相處兩百多天，在臨門時刻，敲了門，卻轉身離開他們走了。事後，她不止一次地問：「寶寶，你不想做我們的孩子嗎？」

　　溜溜球媽不但要面對失去孩子的痛苦，她因為漲奶不退得了乳腺炎，身心飽受折磨，還要照常坐月子，不得已請了長假在家休養。為了逃避家裡壓抑的氣氛，溜溜球爸請護工照顧溜溜球媽，自己則不斷加班、出差，夫妻間少了交談，整個家好像搬到了北極，冷得讓人受不了。失去了孩子，他們的婚姻也失去了溫度。

　　如今，生產的意外已經過了一年多，可是對溜溜球媽來說，那種深入骨髓的痛，彷彿生了根，她怎麼也挖不出來、剷除不了。眼睜睜看著足月的健康孩子沒了呼吸心跳，換了誰都承受不了，她不知道如

何處理自己的情緒，整日像個遊魂在家裡晃來晃去。即使開了電視，她也沒去看節目內容，只是想讓聲音充滿空洞的房子。要不然就是拿著抹布東擦擦、西抹抹，擦完桌子擦櫃子，就怕手裡空了沒事做，她又會胡思亂想。

這天，她去到許久未進去的書房，幾乎嚇住了，不復窗明几淨，到處堆積著書報雜誌，好像連丈夫都很久沒進來了。她隨意整理茶几下塞滿的報紙，婚紗照的相本突然在她眼前冒了出來，她微抖著手指翻開相本，一張張翻看著，她難過地問自己，當初那個笑得好開心的新娘去了哪兒？還有那個帥氣溫暖的新郎，怎麼也離她好遠，變得如此陌生。她遊蕩多時的魂魄就像剎那間被施了法術而歸回原位，讓她連人帶魂甦醒過來。她告訴自己，不能再這樣消沉下去，她不要像浸泡在福馬林裡的生物，無聲無息，她要找回她的丈夫，找回原有的歡笑。

溜溜球媽坐在梳妝臺前，望著鏡子裡憔悴的面容，她用手指拉起自己兩邊的嘴角，扮了一個笑臉。接著，她取來有滋潤效果的面膜敷了臉，仔細的畫了妝，換上色彩鮮豔的衣服。之後，她站在家門口，深吸一口氣握了握拳跟自己說：「加油，妳可以的。」然後，鼓起勇氣，一步步從家裡走下樓，穿越馬路，慢慢地走到春城醫院，這是她曾經期待過孩子、同時也失去孩子的醫院。

坐在醫院對面的公車候車亭裡，她靠著亭子壁板，望向對面的高樓，她數到自己住院的那層樓，待產、生產那夜的一幕幕又浮現眼前，忍不住，眼淚就像切著洋蔥被刺嗆得流個不停。

　　風，捲起行人道上的落葉，拂過她的腳背，絲絲寒意襲捲她的身體，她不禁抱緊自己的胸懷。快要冬天了，孩子好嗎？他會冷嗎？她蓦地驚坐起，孩子爸提過，他看過那個孩子，那孩子呢？孩子去了哪兒？她如果想去看看他，要去哪兒看他？

　　此時，溜溜球彷彿跟媽媽有了心電感應，他在榕樹間快速穿梭，不斷呼喚著：「白奶奶！白奶奶！是不是我媽媽出現了？」

　　經常按照白奶奶提供的資料在醫院各相關診間巡邏，尋找迷寶爸媽的拼圖，適時跑了過來，急喘幾口氣後跟溜溜球招手說：「我⋯⋯我看到你媽媽了，她在醫院門口的公車亭。」瞬間向達成願望邁進一大步，溜溜球卻緊張得無所適從，心裡好慌亂，不曉得該如何面對，只能問：「我媽媽⋯⋯看起來好嗎？」

　　拼圖拍了拍他的臉：「放輕鬆，這是喜事，你自己去看看吧！你等了那麼久，怕什麼？走！我陪你去。」

　　溜溜球坐在公車亭旁邊的矮牆上，平復了他激動的心情，望著跟他相隔不遠的媽媽。媽媽的黃褐色頭髮有點亂亂的，不像白奶奶總是梳得一絲不苟，媽媽臉龐上有淡淡妝彩，眼圈紅腫得像大號榕果，看

起來是剛剛哭過。不過，雖然如此，他也注意到自己跟媽媽長得很像。

　　溜溜球媽這時拿出手機，深呼吸幾口氣，撥通了溜溜球爸的電話，盡量自然地問他：「今天晚上你忙嗎？我們好久沒有一起吃飯了，我想吃酸酸辣辣的泰國菜。」

　　電話那頭的溜溜球爸吃了一驚，幾乎不相信這是溜溜球媽打來的電話，隨即嘴角往上掀，他好高興等到妻子重新神采飛揚的這一天。他捏壓著因著公事、家事兩頭奔忙煩心而皺起的眉頭，忍不住釋放出快樂訊息，「好好好！沒問題。妳在哪兒？我去接妳。」

　　這段日子以來，他不斷告訴自己，孩子走了，他們夫妻的日子還要繼續過下去，孩子媽坐困愁城，他卻必須挺過去。當時，有人提議要告醫師醫療疏失，他卻拒絕了。那種突發狀況下，誰也不希望發生意外，何況胎盤剝離也是突然發生的，事先根本無法預防。而且，縱然提起告訴，又能挽回孩子嗎？反倒會拉長他們夫妻痛苦的時間。

　　坐在矮牆上的溜溜球喜極而泣，他激動地跟拼圖說：「我好高興，媽媽打電話給爸爸了，白奶奶說，只要媽媽振作起來，就有機會實現我的願望。我好想去溜滑梯，我要溜滑梯來慶祝！」

　　這天晚上，溜溜球爸媽在失去孩子以後，第一次相偕到他們常去的餐廳吃飯，聊著彼此的近況。飯後，他們沿著馬路慢慢散步，溜溜球爸握著溜溜球媽的手，好像回到他們戀愛的時光。溜溜球媽抬起頭

來，摸了摸溜溜球爸帶著鬍渣的下巴，然後問道：「你可以跟我說說寶寶當時的情況嗎？他⋯⋯現在在哪裡？」

溜溜球爸略略沉吟，雖然不願意再想起傷心的過往，可是，他知道，他們必須共同面對這件事。他邊回憶邊字斟句酌地說：「當時，妳整天都不說話，問妳什麼都不回答，我只好自己作主。護理師跟我說，殯儀公司可以協助辦理寶寶後事，我心疼寶寶，不想讓寶寶跟其他人集體處理，所以我選擇了個別的儀式。我幫他穿上我們當初一起挑的藍色嬰兒服，把他放在一個藍色盒子裡，裡面擱著妳買給他的搖搖鈴，還有奶嘴、奶瓶，然後送到火化的地方。寶寶太小，火化後剩不了多少，我留下一小撮，裝在水晶瓶裡，存放在保險箱。」

溜溜球媽靜靜地聽著，笑意摻合在淚水裡：「謝謝你，辛苦你了，你做得很好。我想——」她略做停頓，長長吁了一口氣，好似做了極重要的決定，「我們選個地方，用樹葬的方式，我們正式跟寶寶告別。」

「好的，就按照妳說的方式。家裡附近山上好像就有適合環保葬的地方，我去問問看。」

溜溜球媽又提議：「我們⋯⋯幫孩子取個名字好不好？」

「就叫做芒果吧！妳一直喜歡這個名字。」溜溜球爸親了親溜溜球媽的額頭。

樹葬這天，溜溜球爸媽先來到春城醫院，特地到溜溜球出生的產

房前，他們來回走了幾遍，彷彿要收攏孩子失散的魂魄。溜溜球媽靠在溜溜球爸的懷裡，低低啜泣。情緒緩了緩後，她牽起溜溜球爸的手，「謝謝你，一直在等我走出來。我們以後要一起走下去喔！」

從醫院側門走到花園裡，溜溜球媽抬起頭仰望藍天，跟溜溜球爸說：「你看，太陽光映照的那朵雲，金黃金黃的，很像一個芒果耶，芒果正在跟我們告別。」

她隨即用手機拍下這朵金黃的雲，放在臉書上跟親友分享，她在照片旁寫下這段話：「他是我的孩子，他叫做芒果，他現在在天上。」她的孩子雖然沒有活下來，但是她知道，他來過這個世界。

當溜溜球爸媽……，不！現在要叫芒果爸媽，當芒果爸媽離開醫院時，迷寶們得知溜溜球完成幾乎不可能的心願時，迷寶花園像炸了鍋，充滿歡樂的聲音，迷寶們不停喊著：「芒果！芒果！芒果！我們愛芒果。」

拼圖忍不住說：「你們不覺得這個名字很搞笑嗎？」

芒果大聲抗議：「才不搞笑呢！那是我爸爸和媽媽幫我取的名字，我是他們的孩子，芒果這個名字就是屬於我的。」

芒果的心願達成，也做好離開迷寶花園的準備，特地邀請大家陪他再溜一次滑梯。芒果穿著他最喜愛的牛仔吊帶褲站在滑梯頂端，臉上洋溢著從未出現過的燦爛笑容，就像個神氣的小帥哥。他率先溜下

滑梯，其餘迷寶則排著隊，一個接一個走上滑梯，再溜下來，心情既沉重卻又歡喜地輪流跟芒果擁抱。

　　來到迷寶花園始終沒開口說話的悶鍋，這時卻走過來，輕扯著芒果的吊帶，「溜溜球，我會想你，我會溜滑梯想你……。」她嗚咽地說，眼中閃現出星光般的晶瑩。芒果用力抱了抱悶鍋，「妳要勇敢說出妳的心願喔！祝妳成功，再見了！」

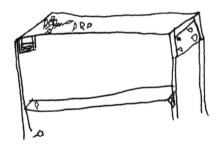

悶鍋裡的祕密

過了幾天平靜的日子，迷寶花園意外出現破壞分子，不少花草樹木遭到傷害，尤其是榕樹的情況最悽慘，不是枝葉被扯掉，就是許多氣根被拔斷。為了找出破壞狂，除了固定擔任糾察的拼圖，小秋也加入糾察隊，連白奶奶也縮減去其他迷寶花園輪值的時間，增加到春城醫院查看的次數。

　　白奶奶特別叮嚀小秋和拼圖：「我覺得應該不是醫院裡的病患或訪客做的，畢竟迷寶花園很隱密，應該是我們之中的某個迷寶。你們多注意一點，如果發現是誰搗蛋，先不要聲張，悄悄帶到我這裡來。」

　　小秋畢竟比較資深，比其他迷寶都早到迷寶花園，經過長久相處，對他們都有初步的了解。所以，他想了想，心裡就有數了。因為，溜溜球離開以後，悶鍋表現得很不正常，自從來到迷寶花園就悶不吭聲的她，常常獨自坐在樹下把小石子排成各種圖案後又拆掉，要不然就是爬到滑梯頂端，躺在那裡看星星，小秋勸她回樹洞去，她也不理不睬。

　　這天，因為寒流過境，下了幾天雨，花園裡到處泥濘，人跡也少了許多，白奶奶特別提醒大家，不准到迷寶花園外面遊蕩，全都要回樹洞裡睡覺。過了午夜，心情不佳的小秋翻來覆去睡不著。眼看著雨已經停了，他慢慢攀上自己住的這棵榕樹，坐在樹冠上，望著灰暗的天空，想起離去的月兒、溜溜球，不曉得他們過得好嗎？在陽光樂園

裡應該很快樂吧！他卻過得不太好。

　　下午時分，他在物理治療室遇到愁眉苦臉的小夏，還以為是上次她幫助月兒又遭到媽媽責罵，他連忙上前關心，卻發現陪伴小夏來治療的不是媽媽，又是保母。趁著保母去掛號處在治療卡上蓋章時，他悄悄問小夏：「媽媽呢？她是不是罵妳了？」

　　小夏忍不住哭出來：「我害了媽媽。」

　　「到底怎麼了？」小秋大急。

　　小夏斷斷續續試著說出緣由：「我在幼兒園摔……摔跤，醫師跟媽媽說，說、說我的腳有問題，以後會走不好，媽媽就哭了，罵我不認真復健。我回家沒有好好……吃飯，媽媽就發……發脾氣，又吼又叫，還摔破盤子。爸爸說，媽媽生病了，叫我要聽話……。嗚嗚嗚～」小夏哭得既委屈又傷心。

　　小秋不忍心責備小夏，畢竟小夏是早產兒，發育多少受到影響，導致行走不穩，經過物理治療已經進步不少。他比較擔心媽媽：「媽媽有沒有看醫師？」

　　「沒有。她把自己關在房間裡，我一直拍門，很用力很用力敲，她都不理我。她是不是生我氣了？」

　　小秋把小夏拉到身旁安慰她：「不怪妳，不是妳的錯，都是我，我讓她失望了。」當初媽媽一定是盼望他和小夏一起平安出生，卻事

與願違。小秋無計可施之下，只能再度提醒小夏不要刺激媽媽。可是，他卻很擔心媽媽身體不健康，間接也會影響他的心願達成。

小秋要跟誰吐露心事呢？拼圖的心願達成也遙遙無期，煩惱像大榕樹一樣沉重，他不想再給拼圖增加心理負擔，況且，即使他說出來了，拼圖也無法幫他解決問題。至於白奶奶呢？附近幾個迷寶花園增添了新的迷寶，她的工作量遽增，他更不想麻煩白奶奶。其他迷寶比他資淺，都需要被照顧，怎麼可能來幫他呢？

一般來說，迷寶雖然普遍有六歲的心智，小秋卻擁有超過大多數迷寶的成熟。白奶奶曾經說過，小秋在媽媽子宮裡就有過人智慧，這是與生俱來的，其他迷寶幾乎都是被迫來到迷寶花園，唯有小秋是自己選擇讓小夏平安出生，犧牲自己。所以，他自然而然被白奶奶委以重任，成為迷寶中的精神領袖。

小秋伸張雙臂，用力吸了一口氣，意外的是，鼻尖隱約傳來一陣清香，好像是茉莉花的味道。白奶奶說過，茉莉花的花瓣雖小，香味卻可以傳得很遠，在靜靜的夜裡，會有安定心神的效果。他不由多吸了幾口氣，感覺心情好了許多。他告訴自己，他是眾人的開心果，也是精神領袖，那麼就要做好榜樣，即使有苦水，也只能往自己肚子裡吞，要不然就要試著轉化心境，即使等待，也要開心地等待。所以，在樹冠上調整好心情後，小秋慢慢爬下樹，想到最近出沒的破壞狂，

決定再巡視樹洞一遍，看看哪個迷寶不在樹洞裡。

　　令他意外的是，他推測的破壞狂——悶鍋竟然乖乖在睡覺，他轉身要走，卻發現樹洞口有幾根斷掉的榕樹氣根，他撿了起來，氣根口還有未乾涸的白色樹汁，一看就是剛剛折下的。他重新鑽進樹洞裡，才看清楚悶鍋故弄玄虛，用樹枝、枯草和石頭，偽裝成她在睡覺的樣子。

　　小秋繞著樹洞周圍再仔細打量，想要尋找蛛絲馬跡，就看到樹幹不遠處有幾個泥巴腳印。小秋跟著腳印走到湖邊，隨即發現剛綻放的紫色風信子被踩爛一大片，而悶鍋正用腳踩著風信子嘟噥著：「騙子、騙子，大騙子！」邊用石頭扔向遠處正在睡覺的天鵝，引得天鵝呱呱大叫。小秋迅快地衝過去，握住悶鍋的手制止她：「不要再丟了，天鵝會受傷的。悶鍋，妳這樣超出迷寶花園的範圍很危險的，快跟我回樹洞去。」

　　悶鍋用力推開小秋：「你走，不要管我。」小秋蹲低身子，把怒氣壓了下去，猜測著問：「悶鍋，妳跟我說，是不是妳想念溜溜球？」

　　悶鍋氣憤地拔著身邊小草說：「想也沒有用，我溜滑梯溜了好幾十遍，溜溜球也沒有回來。他不要我了，我媽媽爸爸也不要我了，所有人都不要我！」小秋耐住性子跟她解釋：「只要妳說出心願，努力達成心願，就可以去陽光樂園裡找溜溜球啦！」

這時，拼圖也循聲找來。他不像小秋那麼好說話，霸道地一把揪起悶鍋白色裙裝的領子說：「小秋，別跟她廢話，把她交給白奶奶。竟然傷了那麼多榕樹氣根，還踩爛溜溜球最喜歡的風信子，沾了渾身的泥巴，髒死了，叫白奶奶打她一頓屁股。」

　　悶鍋扭了扭身體，滿臉的不情願，小秋和拼圖只好一左一右的把她架起來，先送到氣根簾幕，藉著簾幕的清潔魔法讓她變得煥然一新，然後才帶到白奶奶住的老榕樹樹洞裡。拼圖知道白奶奶的脾氣，她一定不會處罰悶鍋，主動提醒說：「白奶奶，妳不可以放水，要好好教訓悶鍋，不然大家就會有樣學樣。」

　　即便拼圖都這麼說了，白奶奶仍是如往常般溫和地微笑著說：「謝謝你們兩個，辛苦了，白奶奶會處理的。時間不早了，快去歇息吧！我來陪悶鍋。」悶鍋低著頭默默地坐著，周身透著「你們都離我遠一點，不要來惹我」的冰冷氣勢，似乎又回到她初來迷寶花園時的情況。

　　白奶奶往悶鍋靠近一些，沒有指責她搞破壞的行徑，而是耐心跟她說：「還記得我在手術室門口看到妳的時候，妳一肚子氣，肚子鼓鼓的像是裝了一顆皮球，我問妳氣什麼，妳什麼都不說，所以我就幫妳取了悶鍋的名字。妳已經來了一段日子了，氣消了沒？想不想跟我說說妳的心願？」

　　悶鍋賭氣著說：「死都死了，說這些有什麼用？」

白奶奶繼續開導：「妳知道嗎？無法順利出生的胎兒，只要是心裡有怨氣、有疑問或是有心願未了的，不想直接離開這個世界，我就會帶你們來到迷寶花園，希望可以讓你們消消氣，找到自己想要的答案，或是達成心願。這樣子，你們才會心裡充滿愛的去到陽光樂園裡。」

　　悶鍋不停搖頭：「我不相信會找到答案，沒有人像我這麼倒楣。」

　　白奶奶又說：「我知道妳很委屈，健康的妳卻被迫……。」

　　「不要說了！不要說了！」悶鍋摀住耳朵尖叫著，阻止白奶奶繼續說下去。

　　她明明很健康，醫師檢查完也跟媽媽說，她是個健康的胎兒，她也好高興，可以做媽媽的女兒，聽媽媽唱好聽的歌。可是，為什麼才沒過多久，她卻被拋棄掉了。眼看著溜溜球、月兒都擁有愛他們的爸或媽，可是她呢？她只有可惡的爸爸、可恨的阿嬤阿公，還有可憐到不懂得反抗的媽媽。「啊！」她不住地尖叫，她快受不了了。

　　就在此刻，黑爺爺的腦袋從樹洞外冒了出來：「三更半夜的，誰在大呼小叫啊？是悶鍋啊！妳既然不開心，亂發脾氣是沒有用的。跟黑爺爺走吧！我帶妳去報仇，把那些惹妳生氣的傢伙揍得鼻青臉腫。」

　　白奶奶推開黑爺爺：「去去去！你少在這裡亂攪和，讓悶鍋安靜安靜，讓她好好想想。」

黑爺爺嘻皮笑臉說：「喂！妳太不夠意思了，我最近業績那麼差，妳就不能讓給我幾個迷寶啊！」

「你開什麼玩笑，只要有一點希望，我都不會放棄。你再不走，我永遠都不跟你說話了。」白奶奶使出殺手鐧，黑爺爺深怕白奶奶不理他，只好摸摸鼻子，從樹洞退出去，悻悻然走了。

白奶奶把悶鍋抱到自己身邊來，指著她白裙裝胸前的向日葵問她：「妳有沒有發現，所有迷寶的服裝上，只有妳印著迷寶之花—向日葵的圖案？」望著悶鍋迷惑的眼神，白奶奶接著說：「向日葵的個性很沉靜，她雖然喜歡太陽，卻總是默默地隨著陽光轉動，尋找屬於自己的幸福。我覺得跟妳的個性很像，就幫妳選了這套衣服，也希望妳可以找到快樂，飛向陽光樂園。睡吧！孩子，我們什麼都不要想，睡一覺就好了。」悶鍋抬頭看了看白奶奶，覺得她好慈祥，如果她的阿嬤像白奶奶一樣多好，她就可以安全地待在媽媽的子宮裡。想著想著，悶鍋終於慢慢睡著了。

天亮以後，竟然是個大晴天，雨停了，氣溫也回升了一些，整座花園好像被滌淨了，煥然一新。悶鍋的心情似乎也有了新氣象，向來不愛說話的她，彷彿突然轉性，特地跑到被拔斷氣根的榕樹面前，深深一鞠躬：「榕樹爺爺，請你原諒我，老人不記小人過。」也去到風信子花圃，拉開自己的白裙子微微彎腰，「風信子哥哥，我知道你是

溜溜球的寶貝，抱歉，我以後會繼續愛你喔！」接下來，她又去了湖邊跟白天鵝說：「對不起，美麗的白天鵝姊姊，妳不要生氣喔！妳生氣就會被黑爺爺抓去烤成黑天鵝。」

大家看到悶鍋的表現，鬆了一口氣，以為悶鍋這下子應該很快就會說出心願，然後努力實現。沒想到，過了幾天的某個深夜，悶鍋的樹洞裡突然傳來巨大的響聲，就像充得太飽的氣球炸掉了。

離她最近的拼圖連忙趕過去，只見悶鍋滿臉驚恐，兩隻手不停拔著自己的頭髮地大喊大叫：「救命啊！不要抓我啊！」拼圖晃了晃她，「悶鍋，妳醒醒，是不是做噩夢了？」

悶鍋又哭又踢的揮打拼圖：「你走開，好吵好吵，我的頭好痛，我的頭……我的頭痛死了啊！」

白奶奶也趕了過來，把悶鍋抱緊在懷裡：「不怕不怕，白奶奶在這裡。」白奶奶安撫一陣子後，悶鍋的情緒才平復下來。可是，悶鍋沒睡多久，她又開始大喊大叫，不斷地說：「媽媽不要哭！不要罵媽媽啊！誰來救我媽媽啊！」整個晚上反覆發作，悶鍋只要睡著就像被噩夢糾纏得掙脫不了。白奶奶乾脆把她叫醒，免得她一睡著，就開始做噩夢。

悶鍋醒來後，緊抓著白奶奶不放，不斷打量四周，眼露驚恐地說：「媽媽在哭，她的眼淚是紅色的，好可怕啊！她的眼睛在流血……。」

白奶奶知道無法再隱瞞悶鍋，只好告訴她事情真相：「沒有人傷害妳媽媽，她只是覺得對不起妳，又怕妳會找她報仇，所以請了法師念經、燒紙錢來超渡你。」

悶鍋疑惑地問：「什麼是超渡？」

白奶奶想了想，用悶鍋能理解的方式說：「就是希望妳不再痛苦，把妳送到一個很遠很遠的地方，或是其他人的家裡⋯⋯。」

「為什麼要送我去很遠的地方？是不是媽媽不想看到我？是不是她討厭我，所以要把我送走，做別人的小孩，是不是啊？」悶鍋愈想愈傷心，原來連媽媽也不愛她，即使她都死了，還要把她趕到很遠的地方。「她為什麼不喜歡我？是不是像阿公阿嬤說的，因為⋯⋯我是女生？」

白奶奶擔心悶鍋誤會，連忙說：「妳是妳媽媽的寶貝啊！她只是心裡不平安，所以這麼做，她也是不得已啊！」

「為什麼？為什麼會這樣？」悶鍋尖叫起來，「我不要媽媽心裡不平安，我不要她哭，她哭，我這裡好痛。」悶鍋捶著自己的心臟，痛得整張臉都揪成包子樣。她的哭聲更是在迷寶花園裡不停繚繞，勾起某些迷寶的心事，攪得迷寶們都心神不寧，難以安眠。

白奶奶 黑爺爺大鬥法

悶鍋媽的確心裡不平安，她覺得自己就像殺人凶手。

　　她以為跟自己喜歡的人結婚，就可以幸福快樂一輩子。婚後她辭去工作，專心做家庭主婦，將家裡維持得窗明几淨，讓丈夫下班回家可以吃到美味的愛心晚餐，她就像個溫順小妻子，躲在丈夫這把大傘下，過著甜蜜小日子。

　　要不是鄉下的公婆不斷催促他們：「不孝有三，無後為大」，他們還希望多享受兩人世界。按照他們的經濟能力擬定的生育計畫，生兩個孩子剛剛好，頭胎生了女兒，可愛又活潑，夫妻倆都很開心。考慮到帶孩子的問題，他們決定一鼓作氣，把兩個孩子生完，這樣孩子念幼兒園後，悶鍋媽就可以回到職場繼續上班。

　　可是，當她再度懷孕，確定是女兒之後，公婆趁著悶鍋爸白天到工地，悄悄來找悶鍋媽。他倆也不拐彎抹角，直接表明來意，甚至鄭重警告她：「我們阿德是獨子，妳知道自己的責任是什麼嗎？」

　　悶鍋媽知道公婆認為男孩子才能承繼香火，但她還是鼓起勇氣說：「阿德說生男生女都沒關係，現在的社會女孩子也很能幹。」

　　「這個家不是妳做主，我說了算！妳把這個孩子打掉，下次再懷，一定要生男孩。如果妳不肯打掉，我就要阿德跟別的女人生，妳自己看著辦吧！」婆婆臨走前下了殘酷通牒。

　　悶鍋媽不敢跟丈夫說這事，擔心影響婆婆他們母子的感情，心想

著能拖就拖，月分大了，自然就只好生下來。況且，他倆又是戀愛結婚的，彼此有感情基礎，丈夫應該不會勉強她打掉孩子。萬一丈夫也跟公婆同一陣線，大不了她生完這個，再生第三個。

未料，公婆發現悶鍋媽毫無動靜，一通電話就打給了悶鍋爸。悶鍋爸回到家，眉頭緊鎖著，吃飯也沒了胃口，筷子只是在菜盤裡戳戳戳，一邊長吁短歎。悶鍋媽猜到婆婆給丈夫施壓了，試探著問：「這個孩子已經三個月了，打胎很危險，我答應你，我辛苦一點，再生第三個。」

悶鍋爸卻否決了她的提議，無奈地說：「就我一個人賺錢，現在房屋業又不景氣，建築工地也少了，我收入不比從前，養孩子很花錢，我們不可能生三個，妳……就聽我媽的吧！」

悶鍋媽沒想到丈夫並不支持她：「我如果不打胎，你真的會去找別的女人生嗎？」丈夫不直接回答她，只是說：「老一輩的，重男輕女的觀念根深蒂固，很難改。」

無論悶鍋媽怎麼哀求，甚至同意把二女兒送回娘家給媽媽照顧，丈夫依然不鬆口，乾脆抱著棉被到客廳睡覺，夫妻關係彷彿進入永夜，看不到太陽。

她難道要為了護住這個女兒跟丈夫決裂嗎？她愛丈夫，不願意放棄這段婚姻，也怕婆婆真的找了別的女人塞給丈夫，丈夫向來孝順，

很可能就接受其他女人生的孩子，她在家裡的地位就會動搖。如果丈夫又愛上那個女人，她該怎麼辦？在左右掙扎與深層恐懼的雙重壓力下，悶鍋媽食不知味、夜不能寐，哭得眼睛乾澀刺痛，極度憔悴，依然改變不了丈夫。最後在無計可施的絕望與孤立中，悶鍋媽只好忍痛決定放棄孩子。

入院引產前一晚，悶鍋媽哀求悶鍋爸：「你回房間陪我睡覺好嗎？就當是我們一起跟女兒說再見。」未料，悶鍋爸卻冷冷地拒絕了。不但如此，當悶鍋媽請丈夫隔天陪她去醫院手術，丈夫卻只是冷冷「嗯！」了一聲，那晚她的枕頭濕了好幾回，每道淚痕彷彿心頭的傷痕。

隔天，悶鍋爸陪著悶鍋媽來到醫院，辦好手續就走了。等待期間，悶鍋媽獨自坐在醫院的花園裡，想到公婆的冰冷、丈夫的懦弱，更是悲從中來。那畢竟是在她身體裡的孩子，跟她的關係如此緊密，她真的不忍也不捨，幾度想要打退堂鼓，回家算了。可是，醫師提醒過她，懷孕超過十四週之後再拿掉孩子的危險性大增，可能還會影響以後的懷孕，到時候若還是要來醫院引產，情況會更糟。只好輕輕撫摸肚腹，用早已哭啞的聲音說道：「孩子，不要怪媽媽，希望妳有機會去做別人家的孩子。」

帶著哭得紅腫的眼睛，悶鍋媽獨自待在被布簾隔開的待產間，醫

師幫悶鍋媽塞入讓子宮軟化的藥物，手上掛著點滴，躺在待產床上，她望著點滴液一滴又一滴地流入她的血管內，恐懼彷彿也隨著點滴侵入她的四肢百骸。醫師看她緊張得發抖，安慰她：「放輕鬆，跟生產一樣，很快就出來了。」她怎麼輕鬆得了？對醫師來說，拿掉胎兒是很平常的工作，可是，又不是剝碗豆，這是跟她血肉相連的孩子，卻活生生要從子宮裡被剝除掉。

悶鍋媽難過得無以復加，等不來任何安慰，卻聽到布簾外正要交班的護理師聊著：「唉！隔壁這位太太終止妊娠，看樣子是被公婆逼的。沒想到現在時代那麼進步，還有人重男輕女……。」雖然後面幾句話刻意壓得很低，但是每個字依然清清楚楚傳進悶鍋媽的耳裡，再次撞擊她的心。

「妳少說幾句，沒看這位太太那麼傷心。」另一個護理師勸阻道。

「我是真的替她難過，丈夫也沒陪她來，反正我以後絕對不找這種渣男老公。」護理師忍不住又多嘴幾句。

悶鍋媽胸口一陣悸痛，她真想跟這位護理師說，事情沒遇上，又怎麼知道原本的良人竟是個沒心沒肺的「涼人」。還好引產的過程費時不久，塞了兩次藥，她的肚子突然大痛起來。醫師檢查後說，胎兒就要下來了，必須進開刀房處理。進了開刀房，肚子實在太痛了，悶鍋媽意識有些不清，依稀能感受到孩子逐漸離開她的子宮和生產的通

道。控制不住的眼淚從頰畔流到床單上，她雙手只能緊緊握著產檯旁的把手，將把手當作她身邊唯一的支撐。護理師在她身旁為她打氣，「寶寶出來就不痛了！」但是，她的心痛又能止得住嗎？

醫師處理完善後工作，悶鍋媽先在觀察室休息，要等到不再頭暈才能起來。她的身邊躺著幾位剖腹產或剛生產完的孕媽咪，這場景真是何等諷刺，別人歡喜要迎接新生命，她卻是親手結束生命，心下頓覺空虛，好像她生命的某部分也流失了。一陣暈眩襲來，她的下腹部抽痛不適，她側過頭慌忙找出手機打給丈夫求助，希望他可以來接她回家。丈夫卻毫不憐惜地說：「今天工地比較忙，妳自己坐計程車回去吧！」

沒有人攙扶她離開醫院，更沒有親人陪伴照顧她，虛弱的她下了計程車，還是好心的司機幫她開了大門，送她進入公寓。她扶著樓梯扶手，一步步走上公寓四樓。回到家，她累得躺在床上，肚子雖餓卻毫無胃口，胃裡像浸泡著滿滿的苦水。更讓她難受的是，丈夫明知她動手術身體會很虛弱，卻到半夜才回家，而且明顯喝了很多酒。她以為丈夫是為著失去女兒而借酒澆愁，開口勸了他幾句，丈夫卻對著她大聲咆嘯：「都怪妳沒有用，生不出兒子！」

「是誰沒有用？」手術後的她渾身乏力，還要遭到如此殘忍對待，她積壓已久的怨怒終於像點燃的爆竹劈哩啪啦響起：「你以為生男生

女靠我一個人嗎？」她也吼了回去。懷孕辛苦受累的都是女性，為了公婆重男輕女，她流產傷身，丈夫非但不體諒，她卻要備受指責，她的委屈只能往肚裡吞，連娘家媽媽都不能哭訴，這回，她不想吞了。

　　從那以後，悶鍋媽跟丈夫的關係變得若即若離，雖然丈夫從客廳搬回臥室睡覺，彼此的距離卻像深不見底的海溝，難以跨越。她知道自己潛意識裡無法原諒丈夫，即使丈夫偶爾想要跟她親熱，她卻賭氣地把他推開。她臉上少了笑容，她開始噩夢不斷，總是夢見死去的女兒，哭著問她：「媽媽，妳為什麼不要我？」

　　某天，跟她親近的表姊來探望她，眼看著她憔悴又消瘦，關心地問起原因。當表姊知道她為著流產而心神不寧，就把自己的親身經驗跟她分享：「很可能是妳那個流掉的孩子在作怪，她不甘心被拋棄，她的嬰靈就會跟著妳，導致妳失眠、做噩夢，甚至身體衰弱。情況嚴重的人，連婚姻都受到咒詛。搞不好，她忌妒以後的弟弟妹妹，還會害得妳無法再度懷孕。所以啊，妳要去超渡這個胎兒的靈魂。」

　　悶鍋媽聽著嚇壞了，假使真的生不出兒子，丈夫就會找別的女人，甚至跟她離婚，那怎麼行？雖然覺得嬰靈會害人的說法缺乏科學根據，可是她寧願相信有這回事。說穿了，也是她的贖罪心理，自覺對女兒有虧欠，只好花錢消災除厄，做法事超渡嬰靈，希望女兒去到該去的地方，或是投胎到其他人家，她也可以從此順遂。

當悶鍋媽用超渡嬰靈的方式尋求平安、送別女兒，對悶鍋來說，卻是她噩夢不斷的開始。嚴重的時候，無論早晚，悶鍋都會被突來的頭痛襲擊，好像有一群榕果小蜂在她腦子裡嗡嗡叫，亂啃亂咬她。白奶奶知道這是有人正在念經、做法，可是，她又不能介入干涉，只能想法子減輕悶鍋的不適。

　　悶鍋頭痛稍停歇時，虛弱地問白奶奶：「我媽媽是不是不愛我，她要趕我走，要我投胎到別人家裡去？我是她的女兒啊！我不要做別人的小孩。白奶奶，妳不是說我們的生命都是獨一無二的，不會重複的，我怎麼會變成別人的小孩呢？」

　　白奶奶用她涼涼的手，撫在悶鍋發熱的額頭上說：「妳的確是妳媽媽的女兒，沒有人可以取代妳。妳放心，慢慢頭就不痛了，睡吧！」白奶奶哼著輕輕柔柔的歌，悶鍋的頭痛才慢慢緩解，逐漸進入夢鄉。夢裡的媽媽很溫柔，不斷跟她說話，唱歌給她聽，她隱隱覺得媽媽的歌聲跟白奶奶的歌聲慢慢重疊在一起了。

　　可是，美夢維持不了多久，悶鍋又開始噩夢的循環，她夢到臉黑黑的爸爸對著媽媽大吼，她也夢到阿公阿嬤拿著掃把將她掃出門去，嘴裡還反覆叨念著：「去去去！走了就不要回來！」她無助地哭喊著：「不要趕我走，我會是個乖寶寶、聽話的寶寶、會讀書的寶寶，求求你們，讓我留下來吧！」

做夢做久了，悶鍋快要分不出何者是夢、何者是真實，她變得愈來愈虛弱，只好躲回彷彿子宮的樹洞裡，足不出戶。她找不到通往媽媽那兒的方法，她也想不出自己的心願，她愈縮愈小，縮成她在媽媽子宮裡的模樣。

當小秋和拼圖準備走出榕樹拱門迎接新的迷寶時，小蝌蚪突然衝過來說：「不得了，不得了，悶鍋被黑爺爺抓走了！」

白奶奶正守在產房那兒，分不開身。小秋立刻分派迷寶們到各角落搜尋，榕樹林、天鵝小屋、樹冠上和樹洞底，甚至其他的樹木，柳樹、欒樹、樟樹……的附近，幾乎搜遍迷寶花園，都不見悶鍋的蹤跡。

小蝌蚪猜測著：「她是不是已經被抓到暗黑大陸去了？她明明答應要陪我一起等待的。會不會是她太傷心、太討厭家人，心裡充滿暗黑的情緒，才會被黑爺爺帶走了？」

小秋知道小蝌蚪跟悶鍋同病相憐，都是被媽媽放棄的孩子，因此他倆的感情也比較好，所以小蝌蚪特別掛心悶鍋。於是，小秋連忙安慰心急如焚的小蝌蚪和其他迷寶，「你們先別著急，我感覺悶鍋還在，說不定她被黑爺爺藏起來了。」

帶著新來的迷寶趕回來的白奶奶也說：「我昨天跟悶鍋談了很久，還告訴她，悶鍋媽最近可能會來醫院看診，悶鍋有機會看到媽媽，她當時還露出難得一見的笑容，應該不可能就這麼走掉的。」

悶鍋的確沒有走遠,她被黑爺爺藏在榕樹林的最深處,也就是迷寶花園的邊緣地帶,平常迷寶極少涉足之處,那裡有幾棵被雷擊倒的殘缺樹幹,樹幹是焦黑的,樹洞也是焦黑的,用來藏匿悶鍋,不容易被發現。

　　原本黑爺爺已經把悶鍋帶到暗黑大陸的入口,卻突然聽到悶鍋叫著:「媽媽,妳不要走!」這表示她對媽媽仍有愛、有依戀。只要悶鍋心中還有一點殘存的愛,他勉強把她帶走,就不算完成任務,甚至可能遭到處罰。他一定要聽到悶鍋親口說,她不愛媽媽了,她恨所有的人,或是她要報仇之類的,他才能把悶鍋帶走。因此,他只好先把悶鍋藏匿起來,找機會勸悶鍋放棄對塵世的所有眷戀。

　　榕樹林裡的各個角落不斷傳來迷寶們呼喚悶鍋的聲音,「悶鍋,妳快點回來。」就連向來吝嗇的小蝌蚪也說:「我把榕果給妳吃,妳就可以再多等等。妳一定不要放棄喔!」

　　這時,白奶奶突發奇想,「迷寶們,還記得我們玩過的捉迷藏遊戲嗎?假設現在我們正在跟黑爺爺玩捉迷藏,你們想想看,黑爺爺會把悶鍋藏在哪兒?」

　　迷寶們聽到白奶奶提及捉迷藏,聯想到他們的玩耍經驗,隨即七嘴八舌地開始熱烈討論,貢獻自己的點子,「黑暗的」、「很少人去的」、「骯髒的」、「殘破的」、「有臭味的」……。白奶奶按照迷

寶們的集思廣益，將他們分成三個人一組，並按照不同的藏匿點子分配區塊，讓迷寶們結伴去尋找悶鍋。

被隱藏在暗黑樹洞裡的悶鍋再次跌入夢境中，但這回竟然不是讓她恐懼害怕的噩夢。夢境裡，她彷彿來到一個蝴蝶谷，粉白、粉紅、淡黃、黑紅等各種不同顏色的蝴蝶飛舞在花叢間、小溪邊、山坡上，在蝶影翩翩中，傳來一陣陣優美的豎琴樂音。有個媽媽穿著綴滿蝴蝶的洋裝，正用著一條條垂掛著小蝴蝶的髮紮，幫一個女孩編辮子，母女倆的笑聲在蝴蝶谷裡四處飛揚。她定睛一看，哇！那個女孩竟然跟她長得一模一樣，莫非那位女子就是她的母親嗎？

突然，幾朵烏雲從天空的四面八方圍過來，接著又衝出一個黑衣人想要抓走小女孩，蝴蝶嚇得到處亂飛，翅膀也折斷了，媽媽更是緊抱著小女孩不放，哭求著：「求求你，不要帶走她。」那哭聲如此的慘烈揪心，悶鍋聽了更是難過，就好像她媽媽跟她分別那天同樣的哭聲，勾著她的心。她似乎感受到媽媽的傷心與不捨，難道是她冤枉媽媽了嗎？

悶鍋滿頭大汗地驚醒過來，在一片黑暗中胡亂抓著，這是媽媽的子宮嗎？可是感覺乾乾的，沒有溫暖的羊水，觸手硬硬的氣根也不像摸起來軟軟的臍帶，她還嗅到一股燒焦的味道。這既不是媽媽的子宮，也不是她熟悉的樹洞，黑呼呼地感受不到光線，難道是暗黑大陸？她

來不及實現心願了嗎？恐慌剎時充滿她的每個毛孔中，她急急呼喚著：「媽媽！媽媽！我不怪妳了，妳不要哭，我真的不怪妳了。」企圖為自己挽回停留在迷寶花園的機會。

她摸索著想要找到出口，東碰西撞地到處都疼，揉了揉眼睛，想要看清楚自己身處的環境，就彷彿毛蟲成蛹後破繭而出，對所有的事物都感到既陌生又新奇。她靜靜佇立片刻，隱約聽到遠處傳來叫喚的聲音：「悶……鍋，悶鍋……！」是媽媽嗎？她慌忙朝著聲音方向跑出去，跑啊跑的，慢慢有了亮光，眼前陸續出現模糊的身影，她看到了小蝌蚪、拼圖、小秋……，還有白奶奶。她跑前幾步，撲到白奶奶懷中，忙不連迭說：「我要告訴媽媽，我不怪媽媽了，媽媽太可憐了。」

白奶奶把悶鍋抱了起來，抹掉她面龐上沾到的黑灰，溫柔地說：「白奶奶很高興妳能這樣想，妳已經跨出了第一步。接下來，妳要做的是，消除媽媽的罪惡感，讓媽媽重新找回快樂，他才不會繼續找人做法，她也才能跟家人和好。」

悶鍋抬起臉來怯生生地問：「那我要怎麼做呢？」

「妳要從自己開始改變，當妳不再傷心、不再抱怨，妳的快樂就會感染媽媽。」白奶奶看看身邊的其他迷寶，繼續說道：「我這句話也是說給你們所有迷寶聽的喔！不要小看你們自己，當你們學會同理心，懂得體諒爸爸媽媽，然後真正地快樂起來，這樣就能帶給爸媽快

樂。」

　　隱身在暗處的黑爺爺望著悶鍋跟著大家走遠，他恨恨地啐了一聲，已經是手到擒來的迷寶，也不知道為什麼，自己竟然心軟了。這太不像他，他向來心狠手辣，只要有一點機會，他就會把心智搖擺的迷寶搶奪在手。他拍拍胸膛為自己打氣：「哼！沒關係，反正常常會有新的迷寶來，我再找機會下手。」他似要發洩怒氣般，誇張地甩動自己的黑色斗篷，「咻」地一聲飛入漆黑的夜裡。

　　說也奇怪，當悶鍋的心情改變以後，她的面容閃現出柔和的光澤，衣衫上的向日葵也更加美艷，夜裡她不再做噩夢，也願意跟迷寶們在花園裡玩耍嬉戲，並且主動要求小秋分派任務給她。

　　小蝌蚪也為她高興：「妳因為是女生，被拋棄了，我是男生，也被拋棄了，所以啊！我們都沒有人愛，我們要愛自己喔！」悶鍋卻搖搖頭說：「你說錯了，小蝌蚪，我不曉得你爸媽是不是愛你，可是我知道我媽媽愛我。我還在媽媽肚子裡的時候，媽媽曾經跟我說的話，我都慢慢想起來了。現在，只要她能夠變得高興，我就放心了。」

　　悶鍋的話讓小蝌蚪覺得不安：「悶鍋，妳……要離開我們了？」

　　「嗯！」悶鍋點點頭，「白奶奶說，我媽媽最近可能會來醫院。我想去看看她，我希望可以看到一個快樂的媽媽。」自從她上次差點被黑爺爺帶走，她感受到那種猶如來自地底深處的陰冷恐懼，她就決

定要學習開心果小秋，凡事往好的地方去想。她漸漸地不再怪媽媽放棄她，相反的，她還希望媽媽早點懷孕，懷個小弟弟，媽媽就不會傷心難過了。

悶鍋媽因為月經的紊亂，婦科方面出現問題，特別到春城醫院掛號就醫。悶鍋也在白奶奶的陪伴下，來到婦產科門診處探望媽媽。讓悶鍋意外的是，媽媽身邊坐著一個男人，那人正在跟媽媽低聲說話。他是誰啊？白奶奶跟她說：「那是妳的爸爸。」

「爸爸？」悶鍋好訝異喔！爸爸也來了，他怎麼會陪媽媽呢？他不是都不理媽媽嗎？

白奶奶明白悶鍋心裡的猜測，因此特別告訴她：「妳媽媽和爸爸和好了，這是妳的功勞喔！因為妳的快樂，讓媽媽不再哭泣，臉上的哀愁也消失無蹤，讓爸爸不再為這件事感到內疚，爸爸和媽媽學著體諒對方，也原諒了彼此。」

悶鍋臉上的笑容愈來愈多，她走了過去，在媽媽臉上輕輕一吻。然後，猶豫一會兒，她也決定原諒爸爸，於是，悶鍋鼓足勇氣抱了抱爸爸。雖然他們看不到她，可是，悶鍋卻覺得好滿足好幸福，她有爸爸、媽媽啊！她不是沒有人要的小孩。

就在這時，悶鍋媽抬頭張望周遭，然後跟悶鍋爸說：「你有沒有聽到一個孩子的聲音？好像是女兒的笑聲……。」悶鍋爸以為悶鍋媽

又在想念失去的女兒，放在她肩頭的手用了用力，把她往自己懷裡拉近了些，「對不起，請妳原諒我。」

　　大多數迷寶的心願完成要靠爸媽，可是，悶鍋的夢想完成卻是來自於她的改變，她主動去了解事情真相，而不是一味的指責埋怨，將心比心之後，她不但不怨不恨，也對自己的不幸遭遇釋懷了。她很肯定地跟白奶奶說：「我的心願達成了。」

　　白奶奶點點頭，牽著悶鍋的手，朝著一條光亮的長廊走去。悶鍋回頭又望了一眼爸媽，眼眸間幾點淚光閃爍，她發自內心地大聲說：「爸爸媽媽，你們要好好的喔！我也會好好的！」

小蝌蚪愛游泳

對迷寶們來說，小小年紀就要面對無數的送往迎來，尤其是說「再見」最為艱難。只要有迷寶完成心願離開他們，他們的心情就很矛盾，既高興卻又充滿不捨。他們知道，迷寶不可能永遠住在花園裡，這只是他們的中繼站，他們的歸宿只有兩個地方，陽光樂園或暗黑大陸，期限到了，他們就必須離開。尤其是最資深的小秋和拼圖，隨著期限接近，離開的壓力愈來愈大。問題是，無論他們多麼努力，若是爸媽沒有改變，或是無法完成他們的心願，他們除了等待還是耐心等待。

　　當悶鍋離開以後，跟她景況類似的小蝌蚪，卻逐漸失去耐性，整天失魂落魄的晃來晃去，誰跟他說話，他都是愛理不理的態度，好像變成了另一個悶鍋。

　　白奶奶曾經跟小秋說過：「我送悶鍋走了以後，小蝌蚪就不斷說：『悶鍋騙我，她說要等我，她都沒有等我一起走。』我很擔心小蝌蚪，你要多注意他。」於是，小秋都會特別關注小蝌蚪是否需要幫助。起初小蝌蚪只是聳聳肩，好像蠻不在乎的說：「沒事，我沒事，少了一個迷寶，少一個人跟我們搶榕果，挺好的。」可是，過沒多久，小蝌蚪連話都懶得說，把自己的心徹底封閉在一扇沒了鑰匙的門裡，誰也進不去。

　　這段日子裡，因為春城醫院擴建時施工不良，排不出去的汙水導致湖水渾濁，醫院派人來清理湖泊和下水道。小秋擔心調皮的迷寶亂

跑闖禍，尤其是沒事就愛到湖裡游泳的小蝌蚪，萬一去渾濁的湖裡玩耍而生病，那可糟糕了。因此，小秋只好跟著拼圖加強巡邏。偏偏這時小夏又告訴他，媽媽得了憂鬱症，情況很嚴重，爸爸擔心媽媽會傷害自己，所以住進醫院。小秋只好拜託姍姍協助拼圖，他則趁著入夜以後，抽空去探望媽媽。

小夏媽注射了安眠針藥，已經睡著了。小夏靠著爸爸坐在陪病床上，她看到小秋來了，立刻從爸爸身上爬起來，正閉著眼睛假寐的爸爸被驚醒了，問小夏：「怎麼了？」

小夏只好吞吞吐吐說：「我要尿尿。」

「要不要爸爸陪？」

小夏連忙搖手：「不用，我自己可以的。」

小秋爸下班就趕到醫院，也有點累，摸摸小夏的頭說：「爸爸躺一會兒，上完廁所妳自己看故事書吧！」

小夏點點頭，繞到洗手間，假裝開門，確定爸爸睡著了，才趕快走到病房外，只見小秋正坐在椅子上，她開心地跑過去抱住他。小秋先關心地問小夏的近況：「最近乖不乖啊？晚上睡覺沒哭吧？」

「這個星期我半夜只哭醒了一次，保母說我有進步，可是媽媽卻不是很開心。」

小秋想了想，問她：「我上次教妳的方法，妳試過了嗎？」

「試過啦！我跟媽媽說，我夢到哥哥，哥哥很好，妳不要擔心。可是媽媽卻說……卻說……」小夏有點說不下去。

「媽媽說什麼？」

「你聽了不要生氣喔！」小夏縮了縮肩膀，瞄了一眼小秋：「媽媽說，我沒有哥哥。」

小秋雖然猜到可能的答案，心裡還是免不了失落，媽媽竟然否認他的存在。可是，他怕嚇到小夏，硬把眼淚逼了回去，勉強擠出笑容說：「沒關係，只要妳承認我這個哥哥，我就很開心了。這樣吧！妳下次換著跟爸爸說說看，說妳常常夢到我，如果爸爸想念我，應該也會夢到我。」

「好！我試試看。哥哥，你要堅持到底喔！爸媽一定是把想念藏在心裡。」

他們還想聊下去，卻聽到爸爸的聲音從病房裡傳來：「小夏，妳跑去哪裡了，媽媽醒了。」

小夏急忙跑回病房，小秋跟著進去站在床尾，望著臉色蒼白的媽媽，他幾乎喘不過氣來。他當初只是情急之下在一念之間做出的決定，莫非他真的做錯了？他無法開口請求爸媽的原諒，更不願意讓小夏知道真相，只好默默地離開病房，把悲傷藏在心裡的某個角落，就怕悲傷滿溢了，他不知道要往哪兒傾倒？

夜愈來愈深，路燈光映照在已無人跡的花園裡，小秋坐在鞦韆上輕輕晃著，眼淚隨著每次晃動滴落在泥地裡，最後忍不住痛哭失聲。拼圖循著哭聲慢慢走過來，看到小秋哭得如此傷心，卻不知如何安慰他，只好靜靜地陪著他坐在另一個鞦韆架上，同樣輕輕搖晃。直到小秋的哭聲漸漸小了，拼圖才開口，「小秋，你太壓抑了，哭哭也好，雖然大家叫你開心果，我知道你其實有很多心事。」

　　小秋悶悶地說：「我媽得憂鬱症了！白奶奶說那是因為她心裡塞滿不愉快的事情，都是我害的，都是我……。」正說著，湖裡卻傳來「咕嚕嚕，咕嚕嚕」的聲音，接著有東西躍出水面，嚇了他們一跳，驚聲問：「誰？誰在湖裡？」

　　「當然是我啦！小蝌蚪。」小蝌蚪快速游到他們面前，跳上了岸。

　　拼圖見他身上都是泥水，綠色的青蛙裝也變得髒兮兮的，氣惱著指責他：「小蝌蚪，已經警告過你，這幾天湖水不清澈，不可以游泳，你怎麼不聽話？」

　　小秋也說：「快去氣根簾幕那兒把身體弄乾淨，白奶奶看到又要生氣了。」看到小蝌蚪煥然一新後，小秋忍不住再度提醒：「小蝌蚪，要聽話，等湖水乾淨了，我會告訴你的。別讓大家為你擔心。」

　　小蝌蚪調皮地吐吐舌頭，「沒辦法，我想念媽媽的羊水啊！好想好想，想到睡不著。」

拼圖這才發現小蝌蚪變得有點不一樣，竟然會回應他們的話，納悶地問：「你……心情變好了？不想悶鍋了？」

　　「對啊！想三天就夠了，反正她也不在了，我還有你們啊！對不對？」

　　小秋莫可奈何地輕嘆：「你啊！害我們擔心好幾天，這樣的小蝌蚪才乖。你忘了你剛來的時候，天天游泳，結果感冒發高燒，心神耗弱，差點被黑爺爺帶走，嚇壞白奶奶了。」

　　小蝌蚪交叉手臂在胸前，從鼻子裡「哼」了一聲，「你們太過分了，我就這點愛好，卻要阻止我。溜溜球喜歡溜滑梯，你們就讓他一直溜、一直溜，還舉辦溜滑梯大賽。我喜歡游泳，為什麼不行？」小蝌蚪用戲劇化的口吻說：「我好懷念媽媽的羊水啊！你們知不知道，我媽媽的羊水有好多種味道，你們誰都沒吃過。要不然，我們來舉行一次羊水大賽，看看誰嘗過最多的羊水滋味，贏的人可以得到榕果。」

　　小蝌蚪只要開口說話，就沒完沒了，尤其是他悶了好久不說話，快要悶壞了，又開始嘰嘰喳喳。拼圖幾乎崩潰了，連忙用手摀住他的嘴巴：「大家都要休息了，你啊！少說一點。」

　　「嗚嗚嗚！羊水大賽，羊水大賽！」即使被摀住嘴巴，小蝌蚪還是拚命從拼圖的手指縫中擠出話來。

　　隔天傍晚，醫院的人潮漸漸散去，小蝌蚪衝到小秋面前說：「羊

水大賽！小秋哥哥，你沒忘了吧！要不然我就去游泳了。」小秋打量著湖水的顏色，依然沒有恢復清澈，並不適合游泳，只好點頭答應，選擇靠近迷寶花園旁的湖邊草地做為羊水大賽的地點。

　　說起小蝌蚪，真可算是迷寶中的異類。他跟悶鍋的遭遇差不多，也是被媽媽以人工流產方式所放棄的，而且他待在媽媽的子宮裡才兩個月，當時身長只有兩公分，還帶著小尾巴，像隻迷你版小蝌蚪，所以白奶奶為他取名「小蝌蚪」。但是他很樂觀，聽說要等到實現夢想才能離開迷寶花園，他也沒有抱怨，只是覺得天天枯坐著等，太無聊了！所以他不時就會想些花樣找樂子，而且不單是自己獨樂，還要拉著大夥同樂，他才會心滿意足地叫暫停。難怪白奶奶常常說：「小蝌蚪如果能夠順利出生，他一定可以帶給這個世界許多歡笑，太可惜了。」結果，猜猜小蝌蚪怎麼回應白奶奶的？他說啊：「白奶奶，妳錯了，一點不可惜，我是被派到迷寶花園來，要帶給迷寶快樂的啊！」

　　所以，當小蝌蚪放下悶鍋離開的悲傷後，興高采烈地提議舉行羊水大賽，而迷寶們明知道最後還是小蝌蚪會得到大獎，仍然紛紛熱烈響應。小蝌蚪果然贏得第一，他發表得獎感言時，迷寶們更是笑得一個個東倒西歪。

　　小蝌蚪一本正經地鞠躬，卻用誇張的語調說：「我媽是個大吃貨，這是她朋友說的，就是指她很能吃、很會吃、很愛吃的意思，所以我

跟著她嘗盡山珍海味各種味道。剛開始，她不知道自己懷孕了，什麼都吃！她最愛吃的就是芒果冰，還有鳳梨、木瓜、奇異果……。反正她吃了很多水果，最可怕的就是榴槤。」小蝌蚪唱作俱佳地用手揮揮鼻子：「嘔～好恐怖，臭死了，比天鵝的大便還要臭，我差點昏死在我媽媽的子宮裡。」

姍姍舉手發問：「你怎麼證明你媽媽吃了那麼多東西？」

小蝌蚪斜睨她一眼：「妳連這個都不懂啊？當然是羊水啊！我媽吃什麼，羊水就有什麼味道。我跟你們說呵，我媽媽後來檢查知道她懷孕了，竟然還跟我爸去吃麻辣火鍋、麻辣鴨血，還有薑母鴨，我實在受不了麻辣火鍋的味道，害我在我媽媽肚子裡一直打噴嚏。」

「等等！等等！」姍姍急著提問：「你說你有爸爸，那你媽媽為什麼不要你？」

這問題一提出來，簡直就像抓了小蝌蚪的尾巴，熱鬧的場面頓時熄了火。大家看情況不對，一個個溜走了，只剩下拼圖和小秋陪著小蝌蚪。小蝌蚪臉上的笑容早已消失無蹤，羞赧地跟小秋和拼圖說：「你們一定在笑我，你們早就知道我剛才都在吹牛，對不對？我媽我爸都不想要我，我媽才十八歲，還在念書，我爸只是覺得好玩，他們怎麼可能把我生下來？」

小秋握著小蝌蚪的手，自己也免不了悲從中來。雖然小秋爸媽渴

望他的降生，可是當他死了後，卻不願意提及，把他當作看不見的空氣，他的景況和小蝌蚪又有什麼差別？拼圖一手一個摟住他們，想要轉換氣氛，於是說啦：「小蝌蚪，你還沒有說完，你媽媽還愛吃什麼？讓我也羨慕一下。我媽媽是高齡產婦，懷我的時候提心吊膽，很多東西都不敢吃，連咖啡都戒掉了。」

小蝌蚪面頰上的淚痕猶在，突然又來勁了，應和著拼圖繼續說：「對，我媽媽常常喝咖啡，什麼藍山、卡布奇諾她都愛喝，她也喜歡喝茶，她說喝烏龍茶可以減肥。她根本不需要減肥，她是全世界最漂亮的媽媽！」

原本已經離開的姍姍又探出頭來，恍似刻意惹小蝌蚪不開心，逮到機會再度嘲諷他：「小蝌蚪，你不要吹牛了，你媽媽就是個狠心媽媽，其他迷寶都是因為生病或意外無法活下去，你呢？你是爸爸不要、媽媽不愛的垃圾，你留在這裡做什麼？」

小蝌蚪氣憤地跺腳，跳起來大吼：「我不是垃圾，我不是垃圾！」他滿腔怒火根本熄滅不了，又不能打姍姍，只好「撲通」一聲跳進湖裡，游啊游的胡亂打水，天鵝被他吵得呱呱大叫。

拼圖伸手拉扯姍姍的髮辮：「妳實在很過分，妳到這裡來就會惹事生非，每個迷寶都有一段傷心的故事，妳為什麼要揭開小蝌蚪的傷疤！為什麼？」不顧姍姍的掙扎，拼圖隨之把她扛在肩膀上，帶往白

奶奶住的樹洞，決定交給白奶奶處置。

　　小秋擔心小蝌蚪在渾濁的湖水裡泡久了會生病，只好也潛入湖水裡，把小蝌蚪撈上岸，兩人都到氣根簾幕下轉了圈弄乾淨身體，然後安慰他說：「小蝌蚪，你不要生姍姍的氣，她跟你一樣，也是被爸媽放棄的……。」

　　小蝌蚪吸了吸鼻子說：「我沒有怪她，她說的是實話，我本來就是媽媽不要的垃圾。我親眼看到醫師把我丟到垃圾桶裡耶，大概是我太小了，只能當廢棄物處理。不過，還好啦！我不孤單，我哥我姊也跟我一樣是垃圾。」

　　「蛤！你哥你姊？」小秋疑惑地問。

　　「對啊！」小蝌蚪點點頭，「我聽到醫師跟我媽媽說，她已經打掉了我哥我姊，又要打掉我，以後恐怕不能再生小孩了。我真的不懂，我媽既然不要我們，為什麼還要不斷懷孕？而且，我聽悶鍋說，她媽媽剛開始希望她投胎到別人家，就可以重新再活一次。如果真的是這樣，我媽媽生了我哥我姊還有我，投胎三次都不成功，有夠悽慘的。」

　　重新回到他們身旁的拼圖提醒小蝌蚪，「如果你說的是真的，那你的心願就不能跟你媽媽有關，否則會很難實現的。」

　　小蝌蚪雙手抱著膝蓋，不停點著下巴，好像正在認真思考，然後他突然抬起頭來，「有了！我的心願就是找到哥哥姊姊。團結就是力

量，我們要一起勸媽媽，挽救以後的弟弟妹妹。」

「你知道哥哥姊姊在哪兒？」小秋問，「他們來過迷寶花園嗎？」

「我問過白奶奶，她說沒看過我的哥哥姊姊，或許他們在別的迷寶花園。不過，我曾經偷聽到黑爺爺白奶奶聊天，提到迷霧森林，沒有去陽光樂園和暗黑大陸的迷寶，就會暫時住在那兒。」小蝌蚪躺在草地上，彷彿夢囈般喃喃地說：「我會找到迷霧森林，我會找到哥哥姊姊。我累了，讓我睡一覺吧！」小秋也隨之躺了下去，不管是不是有迷霧森林，今晚他不想回到樹洞，他要陪著小蝌蚪，在這個瀰漫著春天花香的氛圍中好好睡一覺。

拼圖望著小蝌蚪的安詳睡容，嘴角撇了撇。他十分懷疑迷霧森林的存在，就像小蝌蚪描述的媽媽羊水味道，那根本就是誇大其辭。小蝌蚪莫非又在發揮豐富的想像力，以此安慰自己？但拼圖現在也沒力氣去想了，他們三個迷寶就這樣一起躺臥在青草地上，在可安歇的湖畔，進入各自的夢境裡。

一覺醒來，小秋和拼圖發現身邊的小蝌蚪已經不在，小秋伸了個懶腰說：「小蝌蚪應該沒事了，我有時候覺得他比我更像開心果。起來吧！要開始工作了，我去醫院產房和急診室巡巡，你去婦產科和小兒科看看，聽白奶奶說，最近懷孕的媽媽比較多。」

一天過去，當拼圖巡完每個樹洞，點完名之後，卻發現小蝌蚪還

是沒有現身！他連忙將這事告訴小秋，兩人隱隱覺得不安，立刻分頭詢問所有迷寶，大家竟然都沒看到他，甚至連白奶奶和黑爺爺也說沒有見到他的身影。

這下子連小秋也慌了，聯想到他們昨晚睡在湖邊草地上，雖靠近迷寶花園，也屬於危險地帶，著急地問：「會不會附近施工，有人闖入迷寶花園把小蝌蚪抓走了？」

黑爺爺一臉嚴肅地說：「不可能，整個迷寶花園都有防護網，只要有人闖入，立刻會發出警告，即使想要從湖裡潛入，也上不了岸。而且榕樹拱門那麼隱密，更不可能被發現。」

拼圖怯生生地問：「黑爺爺，是不是你把小蝌蚪藏起來了？」

黑爺爺怒斥道：「拼圖，你再胡說，就把你抓去暗黑大陸，我黑爺爺才不做這種偷雞摸狗的事。」這話說得理直氣壯，黑爺爺彷彿忘了之前藏匿悶鍋的事。如果黑爺爺真的沒有藏起小蝌蚪，那麼，小蝌蚪到底去了哪兒？

白奶奶皺了皺眉問小秋和拼圖：「昨晚是你們陪著小蝌蚪，你們倆沒有發現什麼異狀嗎？」

小秋和拼圖面面相覷，還是小秋先說了：「小蝌蚪昨晚說他要去迷霧森林，我們都認為他在編故事……」，小秋話沒說完，白奶奶和黑爺爺都已臉色大變，異口同聲急切問道：「他……怎麼知道迷霧森林？」

小秋抓抓頭，有些尷尬地說：「小蝌蚪偷聽見你們說的⋯⋯。」白奶奶立即瞪了黑爺爺一眼，「要你別亂說話，你看看你，闖禍了。快走！希望還來得及攔住他。」眨眼間，白奶奶和黑爺爺就消失了蹤影。

　　迷寶們聚集在白奶奶的樹洞附近，等候進一步消息。小秋為此頗為自責，「我應該發現他不對勁的，應該阻止他的，萬一他發生危險，就是我害了他。」

　　姍姍扯了扯小秋的粉藍 T 恤，有些難過地說：「小秋哥哥，你不要難過，是我害的，我不該罵他是垃圾。」拼圖反過來安慰姍姍說：「別這樣說，我也有責任，我以為他在開玩笑。」

　　等了兩天，白奶奶才疲憊不堪地回到迷寶花園。迷寶們全都圍攏過來，白奶奶又搖頭又嘆氣，「我和黑爺爺找了許久都沒找到，迷霧森林的入口已經關閉，我們應該是失去小蝌蚪了。」

　　姍姍終於收起她的毒舌，舉手向大家認錯：「請原諒我，他本來有機會去陽光樂園的，都是我，都是我害的！」

　　小秋很想問白奶奶，到底什麼是迷霧森林？迷霧森林又在哪兒？可是，他知道，這個節骨眼不適合提問，只好叮嚀迷寶們先回去各自的樹洞休息。雖然春天的陽光已經悄悄鑽入迷寶花園，許多花朵逐一綻放，這卻是迷寶花園最悲傷的一天，不同的角落裡，斷續傳來各種高低頻率的啜泣，哀悼著帶給迷寶無數歡笑的小蝌蚪。

姗姗來遲

　　儘管小秋和拼圖旁敲側擊或是死纏爛打，白奶奶都不願再提到迷霧森林的任何訊息，她只說：「你們只要關注自己如何達成心願，在期限內到陽光樂園就好，這個話題就此打住，不要再說了。」

　　小秋拍拍拼圖：「白奶奶說的沒錯，我們趕快多努力一下，說不定到了陽光樂園，就會看到小蝌蚪。」

　　拼圖轉移自己的好奇心到小秋身上：「你有沒有想過，如果期限到了，你的心願還是沒有達成怎麼辦？」

　　小秋坐在湖邊的柳樹下，仰望藍天：「對啊！我剩十個月，你剩十二個月了……，壓力真的很大！尤其是我媽，她最近的憂鬱症愈來愈嚴重，小夏說媽媽常常把自己關在房間裡哭泣，都沒去上班了，爸爸也是每天唉聲嘆氣，當初要不是我……。」小秋如鯁在喉，說不下去了。

　　「喂！振作點，我看我們需要彼此激勵一下。這樣好了，我們來打賭，看誰的心願先完成。」拼圖企圖轉換話題。

　　小秋搖頭拒絕打賭：「我即使心願達成，我也想等到最後一分鐘才離開。我捨不得我妹小夏，她發育遲緩，學習比較慢，我媽媽生病，爸爸也沒時間照顧她。我看，應該你先圓夢。你有沒有發現，你皮膚上的斑紋，有些變得比較淡了？」

　　聽到小秋這麼說，拼圖捲起袖子和褲管檢查自己的皮膚：「好像

是真的，我都沒有注意到。會不會是我媽媽情況轉好了？」

　　拼圖媽是高齡產婦，因為無法自然懷孕，只能採取試管嬰兒方式。植入數次胚胎都沒有成功，好不容易懷了拼圖，卻在四個月產檢時，發現拼圖有染色體異常，只好聽從醫師的建議，忍痛進行引產。但是引產過程並不順利，不得已使用器械拿出來，導致拼圖的身體變得殘破不堪。所以當拼圖來到迷寶花園時，身軀的傷口就形成一道道裂紋，遍布各處，看來觸目驚心。

　　手術後，拼圖還停留在恢復室外，清楚聽到媽媽的哭聲，好像媽媽的心跟拼圖的身體一樣碎裂成無數塊。所以，他的心願就是媽媽破碎的心可以得到醫治，拼回完整，而他接受白奶奶取名「拼圖」也有這層意義。

　　「小秋，你有沒有發現一件怪事，為什麼大都是迷寶的媽媽傷心難過，爸爸比較不難過？」拼圖突然問。

　　「我聽白奶奶說，因為我們都是住在媽媽的子宮裡，跟媽媽比較親密，就好像是媽媽的一部分，所以失去我們，媽媽比較傷心。」

　　「我反對！」他倆聊得正起勁，就冒出煞風景的姍姍：「我媽一點不傷心，她和我爸一起決定不要我的，根本沒經過我的同意。」

　　拼圖安撫她說：「姍姍，妳別激動，說不定妳爸媽有不得已的苦衷。會不會是妳的身體有問題？」

「我沒有問題，我聽到醫師跟爸媽說要做羊膜穿刺，檢查我們是不是健康，結果我們三胞胎都很健康。」

「三胞胎？」小秋大吃一驚，「我和小夏是雙胞胎，妳比我們還多一個，妳爸媽好厲害喔！」

「有什麼用？就因為是三胞胎，他們就把我減掉了！」姍姍氣呼呼地說。

「因為妳是女生？」拼圖猜測著。

「勉強算是吧！但不是因為我爸媽重視男孩，不想要女孩。而是我媽媽懷的是一男兩女，他們擔心太多小孩照顧不了，醫師也說生三胞胎很危險，他們就決定只留下一男一女，所以兩個女生之間必須減掉一個。為什麼偏偏不要的是我？」姍姍愈喊愈大聲：「不公平！不公平！我也想做爸媽的女兒啊！」

小秋雖然覺得姍姍說的也有點道理，卻還是提醒她另一種思考，「但是，姍姍，妳仔細想想，如果留下妳，另一個女孩，也就是妳的姊姊或妹妹就會被減掉啊！」

姍姍卻不以為然：「我們三個可以都生下來啊！為什麼要減掉我？」

姍姍媽三十二歲結的婚，因為超過三十歲，快要進入高齡產婦之列。婆家倒沒有給她太大壓力，婆婆還說：「你們多多享受小倆口的

時光，省得一懷孕，就是生孩子、養孩子，起碼要辛苦十幾年。」可是娘家媽媽卻認為：「既然妳和志瑋都想要孩子，就趁早生，免得避孕久了，想生卻生不出來。」

姍姍媽思前想後，就跟姍姍爸討論，加上她的月事不很準，又有經痛問題，便決定一邊調理、一邊備孕。哪想到，備孕三年，中西醫都看過，吃了一堆藥，始終沒消息。朋友介紹姍姍媽去一家私人不孕診所，取卵好幾次，勉強取到五顆卵子。人工受精後，所有胚胎品質並不理想，只達到及格邊緣，醫師跟姍姍爸媽討論溝通後，決定植入三顆胚胎，提高成功率。

胚胎植入兩週後，姍姍媽回診所抽血檢驗，確認胚胎是否著床？姍姍爸媽都很緊張，如果失敗，又要花好幾萬，耗費心神不說，更怕以後取不到健康的卵子。結果卻讓他倆喜出望外，絨毛膜促性腺激素（HCG）指數正常，證實姍姍媽的胚胎順利著床。超音波檢查時，向來嚴肅的醫師臉上竟然有了笑容，他說：「看到兩個胚囊，恭喜妳懷了雙胞胎。」夫妻倆高興得差點跳起來，姍姍媽更是喜極而泣，辛苦多年，終於有了好消息。診所裡其他的候診夫妻，也紛紛恭喜他們。

回家路上，姍姍媽冷靜下來後，跟姍姍爸討論現實問題，「兩個孩子，會不會增加很大的經濟負擔？我可以留職領半薪，靠你一個人的薪水夠嗎？」姍姍爸安慰她說：「妳放心，反正原先我們也預定生

兩個，不管是男是女，一次解決，前面辛苦，以後就輕鬆了。」

　　本來夫妻倆打算隱瞞婆家和娘家，希望等更確定時再宣布大好消息，但姍姍爸太高興了，不小心說溜嘴。婆婆開心地請他們吃飯，好好慶祝一下。未料，飯吃到一半，姍姍媽的肚子隱隱作痛，她當場嚇哭，忍不住抖顫地問姍姍爸：「志瑋，我肚子不舒服，會不會孩子有問題……？」

　　因為不孕診所晚間未看診，他們只好就近到春城醫院掛急診，抽血、驗尿，接著照超音波，醫師皺著眉頭反覆看著螢幕，問姍姍爸：「你說上次檢查是雙胞胎？」

　　姍姍爸點點頭。姍姍媽則緊張地握住姍姍爸的手：「醫師，我的孩子還好嗎？」

　　醫師先是「嗯！」了聲，接著說道：「孩子沒問題。不過，我看到三個胚囊，有一個躲在另一個後面，你們聽聽看心跳聲……。」

　　他們不但看到三顆如同黑豆般的胚囊，也聽到三個心跳聲。姍姍媽確認她懷的是三胞胎時，她卻開心不起來，整張臉一片慘白：「三個……孩子……」，她完全嚇傻了，怎麼走下檢查檯都忘了，腦袋昏沉沉的，一句話都說不出來。娘家媽、婆家媽看到姍姍媽臉色不對勁，快步趕上前，著急地問：「怎麼樣？還好嗎？」

　　姍姍爸扶著姍姍媽坐上椅子，不知該喜還是憂地回答：「醫師說

懷的是三胞胎。」

　　大家驚呼過後，接著就是七嘴八舌表達意見，這個說三胞胎太棒了，那個說三胞胎帶起來太辛苦了，姍姍媽卻「哇！」地一聲大哭，癱靠在姍姍爸身上，抽抽答答地說：「我想回家。」

　　那之後，姍姍媽徹底失去了歡笑。除卻醫師的提醒，她自己也上網查找相關醫學資訊，原來，三胞胎除了會帶給媽媽危險，也可能造成早產，或是生下發育遲緩兒，甚至腦性麻痺也有可能。此外，她更擔心的是，未來的奶粉、尿布、日常用品、學費、補習費等林林總總，加起來都是龐大的開銷。她若是留在家裡照顧孩子，勢必無法上班，靠姍姍爸一個人的薪水怎麼養得活三個孩子？整個家失去原有的歡樂，頓時籠罩在愁雲慘霧之中。姍姍爸不忍心姍姍媽連睡眠都受到嚴重影響，又被害喜症狀折磨得沒有胃口，再三思量之下，提出了不得已的建議：「我記得醫師說，如果有困難，我們可以……減胎！」姍姍媽為此飽受煎熬，要做這個決定，勢必要狠得下心，因為無論減掉哪一個，都是他們的孩子啊！

　　最終，夫妻倆達成減胎的共識。可是，婆家和娘家卻堅持各自不同的意見。娘家媽媽說：「減胎太危險，鄰居王媽媽的媳婦減胎以後，三個都沒了。」婆家媽媽則說：「既然懷了，就生吧！我跟妳爸可以幫忙帶孫子。」

可是，姍姍媽卻體貼地拒絕公婆的好意：「公婆年紀大了，還要帶小姑的孩子，怎麼吃得消？」

娘家爸媽住在外縣市，姍姍爸媽不願意把孩子送到鄉下。又有人建議，娘家婆家各帶一個，姍姍爸媽自己帶一個，也遭到否決。姍姍媽說：「我捨不得，這樣孩子跟爸媽不親，我也虧欠另外兩個孩子。」

因為春城醫院頗具規模，又有新生兒加護病房，對多胞胎的生育問題更有經驗，姍姍爸媽決定後續產檢都在春城醫院進行。醫師建議他們不須急著減胎，因為發育不良的胎兒在十週內可能自己會萎縮掉，可以等到胎兒十二、十三週再做決定。於是，醫師先安排絨毛膜穿刺，確認三個胎兒是否健康，也可作為減胎參考。

絨毛膜穿刺的報告出來，證實三胞胎都是健康的。可是，姍姍爸和姍姍媽還是堅持起初要減胎的共識。至於減掉哪一個？他們希望可以留下一男一女，減掉的那一個女孩，則交由醫師按照胎兒的位置進行評估，他們則尊重醫師的專業判斷與建議。

減胎那天照超音波時，姍姍媽緊閉眼睛，姍姍爸握著她的手，夫妻倆都不敢去看超音波螢幕，就怕看過影像中的孩子，動了感情，心中只會更加難過。可是，為了讓留下的兩個孩子有更好的發育空間和生長環境，他們只能跟減掉的孩子說聲抱歉。姍姍媽最難面對的是，做完減胎手術，還必須躺在床上等待二十分鐘，確認胎兒心跳完全停

止才能離開。同時，為了避免有人提出關於減胎的問題，造成後續的困擾，他們兩家都決定對外宣稱姍姍媽懷的是雙胞胎。

這也是姍姍最難過的時刻。她順著臍帶緊緊抓著子宮壁，她不想離開媽媽，她要做媽媽的孩子，她不要被拋棄。姍姍心中存著一份僥倖，醫師看花了眼，減掉另一個女孩，她就可以留下來。即使針藥進入她的心臟，她還是很努力讓自己的心臟跳動，拚命給自己的心臟打氣：「你不要停啊！你要一直跳啊！」她堅持不願意就這樣死去……。

直到一道強光射到她的眼睛，渾身繃緊的她一陣放鬆，她張開眼，就看到了白奶奶和黑爺爺在她面前，一身黑衣的黑爺爺冷冷地說：「妳這個壞小孩，我們等妳等了好久，妳死都不肯出來。」

白奶奶卻溫柔地對她笑了笑，「那我們就給妳取名字叫做姍姍，姍姍來遲的意思。」

「妳是不是很恨妳的爸爸媽媽不要妳，還說要告訴別人他們懷的是雙胞胎，不是三胞胎，完全否定妳的存在，太過分了！跟我走，我幫妳報仇。」黑爺爺咬牙切齒地挑起姍姍的恨意。

姍姍覺得周圍的冷氣好冰冷，不像在媽媽的子宮裡那麼暖和，她不停地發抖，說不出話來。白奶奶給了她一個溫暖懷抱：「妳現在一定很傷心，還搞不清楚情況，妳慢慢來、慢慢想，好不好？」姍姍覺得白奶奶很像自己的奶奶，她曾經聽到奶奶跟媽媽說：「妳不要減胎，

我和爺爺可以幫忙照顧。」可見得還是有人愛她的。雖然姍姍滿頭霧水，不清楚她到底發生什麼事了？她死了嗎？她到底在哪裡？但她唯一能確定的是，就是不想看到滿臉陰沉的黑爺爺，於是，這才轉身讓白奶奶牽著她的手走了。

　　想起當初迷茫與混亂的回憶，姍姍跟小秋說：「我到現在還記得那種脫離子宮壁的感覺，好像被硬扯下來，逐漸失去力氣地在羊水裡飄啊飄的，什麼也抓不到。我的心好痛好慌，不曉得我會飄到哪兒去？」

　　小秋無法體會這種感覺，他的胎盤是自動從媽媽的子宮壁脫開的，他找不到適合的話語安慰姍姍。拼圖卻分享自身經驗：「我懂妳的感覺，姍姍，雖然沒有人打針到我心臟裡，但我也是在媽媽引產時，因為不願意離開媽媽的子宮，醫師只好把我分割成許多塊後拿出來。所以妳看──」拼圖拉起自己的袖子和褲管：「我身上留下許多醜陋的裂紋。剛來迷寶花園，我很不適應，覺得自己好像一個怪寶寶。你上次問我為什麼喜歡穿長袖長褲，就是不想露出來給大家看到我皮膚上的裂紋。」

　　「唉！」姍姍嘆了一口氣：「如果我們可以自己選擇做誰的小孩就好了。拼圖，如果我做你媽媽的小孩，我比你健康，就可以平安順利的出世。」

拼圖制止她的胡思亂想，「妳別亂說，只有我可以做我媽媽的小孩。」

　　姍姍滿肚子的疑問：「可是，你們沒想過這個問題嗎？很多人想生孩子生不出來，我媽媽卻懷了三個孩子。如果我換到溜溜球媽肚子裡，小蝌蚪換到悶鍋媽肚子裡，不就皆大歡喜了嘛！」

　　拼圖也很困惑：「聽起來似乎有點道理，為什麼不讓想生小孩的人順利將小孩生下來，而且不管是男孩或女孩，都是爸媽開心期待的小孩？我媽媽好可憐，試過那麼多次，卻還是沒有成功生下小孩。」

　　姍姍用手撐著下巴問：「我到底還要等多久？其實我慢慢地不恨爸媽了，他們也很為難。如果留下我，就要犧牲另一個。我現在只有一個小小的願望，媽媽可以承認我，承認她懷了三胞胎，即使我沒有名字、沒有墳墓，都沒有關係。」

　　就在他們討論得十分激烈時，小寶衝過湖上的小橋，急呼呼大嚷：「小秋哥哥，不得了了，你們還在聊天啊！出大事了，白奶奶和黑爺爺在新生兒加護病房門口大吵起來了，我從來沒看過他們吵得這麼凶！」

　　小秋、拼圖、姍姍來不及問緣由，立刻以最快速度衝往新生兒加護病房。

夾縫求生的小米

夜晚的新生兒加護病房已經沒有探病的家屬，只有少數護理人員進出，這些人若是具有特殊通靈能力，聽得到白奶奶和黑爺爺大吵的聲音，肯定以為是雷公爺爺和閃電奶奶正在競賽誰的嗓門最大。黑爺爺說話像打雷般轟隆隆作響，面色因發怒而黑裡帶紅，白奶奶的聲音則是從未有過的高亢，兩人誰也不願意讓步。

　　小秋率先趕到，擋在黑爺爺和白奶奶之間：「白奶奶、黑爺爺，拜託拜託你們冷靜一下，不要吵架了。萬一有人看得到我們，豈不糟糕？」白奶奶冷哼一聲坐下來。

　　黑爺爺氣忿莫名地繼續怒吼：「妳每次都跟我爭，實在很過分。我知道妳業績好，受到天神重用，我平常都讓給妳了，這次說什麼我也不讓！」

　　白奶奶喘了幾口氣，平復自己的情緒：「誰跟你比業績了？這跟一個人的靈魂有關，我不能眼睜睜的……」就在這時，新生兒加護病房門口突然出現一個模糊的身影，拼圖率先叫出聲：「這是誰？是我們要迎接的迷寶嗎？」

　　姍姍疑惑地問：「不對啊！他怎麼看起來跟我們不太一樣，他的身體好像快要壞掉的路燈，閃啊閃的，看不太清楚。」

　　白奶奶連忙走過去擋住黑爺爺的視線，小聲解釋說：「這是小米，他現在躺在保溫箱裡，正在急救。媽媽生下他後就死了，他爸爸太傷

心，怪小米害死媽媽，不肯理他，所以小米正在生死之間掙扎。」

黑爺爺激動地推開白奶奶說：「不必掙扎了，妳看小米肚子鼓鼓脹脹的，滿肚子都是怨氣，他就該跟我走！」

小秋卻想到其他迷寶沒注意的問題：「白奶奶，妳的意思是小米還有機會活下去，不一定要跟我們去迷寶花園？」

白奶奶點點頭，「你說得很對。可是我們不能勉強小米，要看小米自己的選擇了。他可以活下去，也可能進入迷寶花園，或是，被黑爺爺帶走⋯⋯」白奶奶愈說愈小聲，她實在不願意見到這樣的事情發生。

「讓小米活下去！」姍姍一反過去的負面態度，率先表態，並且高高舉起手來，「我們來表決。」

白奶奶摸了摸姍姍的頭：「妳這麼有愛心，白奶奶很高興，只是我們表決沒有用，要小米自己決定。我看這樣好了，這段時間，我們讓小米住在玻璃屋裡，玻璃屋可以直通新生兒加護病房，他隨時可以自由來去。萬一有狀況，我們也能夠立即處理。」

一般人是看不到玻璃屋的。它是懸吊在醫院大樓外牆上的透明球體，有一道隱形階梯連接著婦產科，可通往產房、產科病房以及新生兒病房，是白奶奶和黑爺爺的等待室，他們可以在這兒等待費時比較久的迷寶，例如當初的姍姍。可是，黑爺爺卻不肯妥協，「我就守在新生兒加護病房，哪兒也不去，只要小米改變主意，我立刻就帶他

走。」

剛來迷寶花園不久的小寶問白奶奶：「小米的決定是不是會受到他爸爸的影響？」白奶奶點點頭，「小寶真聰明。這是很關鍵的時刻，小米是經過強心針和插管急救下來的，生命體徵很微弱，他爸爸越早表態他在乎小米、愛小米，小米就會展現出堅強的存活意志。」

小秋詢問徘徊在門邊的小米：「你是不是這樣想的？喔！對了，我忘記自我介紹，我是小秋，你也可以叫我小秋哥哥，我們是來幫助你的。」

極度虛弱的小米聽了小秋的話，表情略為放鬆，他輕輕點點頭，「媽媽好不容易生下我，我如果放棄了，對不起媽媽。可是爸爸不喜歡我，他喊得好大聲，說他要媽媽不要我……」小米難過得嚶嚶啜泣，哭聲弱小得像剛出生的小貓。

「小米，你不要害怕，我們陪你一起去玻璃屋，我們會幫助你實現願望。」拼圖拍拍胸脯給小米保證。可是，大家還是非常擔心。迷寶們第一次遇到這種狀況，好像他們的兩腳分跨在不同的地方，一邊是死亡、一邊是生存，生死兩邊拔河的結果，哪一邊會贏呢？

小米爸雖然有著呼吸、心跳，卻覺得自己好像死去一般，沒了小米媽，他的人生還有意義嗎？他又要怎麼活下去？他萬萬沒有想到，在手術室外等了許久，卻等到小米媽覆蓋著白布，被推出來。他第一

時間衝過去掀開白布，看到面色蒼白的小米媽，緊閉著眼睛，一動也不動，簡直不敢相信眼前這一切是真的。早晨他出門上班時，小米媽還對著他微笑說：「早點回來，不要太累喔！」現在卻是冰冷的一張臉，對他不理不睬。他承受不住地痛哭：「薇薇，妳醒醒啊！我是小朱，妳最喜歡的胖胖朱，妳說話啊！妳不要不理我啊！」

護理人員慌忙把白布蓋上：「對不起先生，我們要送她去太平間了，請你節哀，冷靜一下，不要妨礙我們工作好嗎？你這樣抓著不放手，我們很為難。」

小米爸根本聽不懂護理人員說的是什麼？他腦袋一片混亂，只想追回小米媽。他不顧阻攔地追著推床跟進專用電梯，看到床單上的斑斑血跡，心不斷抽痛，向來怕疼的小米媽當時該有多害怕啊！他緊緊握著小米媽盪在白布外的手，那是他多喜歡握著的一雙手，可是，他卻怎麼也握不暖了，她的手愈來愈冰，愈來愈僵硬。

小米爸眼前恍惚出現他初識小米媽的那個午後。司馬庫斯的陽光暖暖照在身上，小米媽跟她的同事上山旅行，站在小米堆前拍照，她調皮地翹起左腳擺姿勢，身體歪斜，一個不平衡，整個人跌向小米堆。當時剛好站在她身邊的小米爸順手攬住了她，由於重心不穩，兩個人一起跌入小米堆，尷尬窘迫的模樣竟還被她的同事拍了下來。他當時正好抓住小米媽的手，她的手小小的、軟軟的，而且好溫暖，他捨不

得放開。直到小米媽羞窘得掙脫他，兩個人才慌慌地站起身。

　　小米爸就這樣結識了小米媽，為她紅撲撲的臉蛋、恣意不做作的笑容所吸引，於是展開熱烈追求。當他倆的感情進展順利，朝向婚姻路邁進時，小米媽丟出了一個重磅炸彈，她跟小米爸說：「很抱歉，我一直沒有告訴你，我罹患了紅斑性狼瘡症，醫師說我必須長期服用類固醇和其他藥物，如果我懷孕，醫師說會有很大的風險，可能讓我的病情加重，甚至母子都有危險。所以，我們分手吧！」

　　可是，小米爸認定小米媽是他今生的伴侶，信誓旦旦說：「我可以不要小孩，我不能沒有妳。」小米媽擔心小米爸只是一時衝動，冷靜下來就會改變主意，所以特別躲到鄉下去，卻被屹立不搖的小米爸找了回來，不斷哀求她不要再離開了。

　　婚後，夫妻倆過了一段甜美的日子，小米媽按時服藥，維持身體健康，小米爸更是噓寒問暖，照顧得無微不至。然而，小米媽有好幾回發現，小米爸看到別人的孩子，臉上總藏不住羨慕的表情，因此她特別問小米爸，是不是很想有個孩子？那時小米爸總是慌忙掩去自己的眼神，把小米媽擁在懷裡，溫柔地說：「我不會讓妳去冒任何風險，我有妳就夠了，別胡思亂想。」

　　可是，小米爸不僅是家中獨子，也有傳宗接代的壓力，於是，小米媽悄悄去看醫師並詢問她懷孕的可能性。醫師先提到她此種狀況懷

孕的風險，包括流產、胎死腹中、早產，甚至胎兒發育遲滯等。當然，更重要的是，孕婦病情加重的機率高達百分之五十。

「如果我小心護理、按時吃藥呢？是不是也有成功的可能性。我真的很想幫我丈夫生個小孩。」小米媽表達出對懷孕的迫切。雖然醫師很同情小米媽的情況，還是誠實地告訴小米媽，雖然在控制好病情的情況下，也有成功懷孕的案例，但風險確實很高。醫師建議小米媽夫妻倆一起跟婦產科醫師充分討論後再做決定。

小米媽自己上網查了不少資料，也閱讀了過來人的經驗分享，她發現，只要小心照顧自己，控制藥物的攝取，密切注意產前檢查，維持身體的健康，一旦有早產的疑慮，就提前剖腹，她應該有機會生下孩子。於是，她明知小米爸會反對，卻瞞著小米爸悄悄停止避孕，希望以順其自然的方式備孕，如果能懷上，就是上天賜給她的禮物。剛確認懷孕時，小米媽興奮得睡不著，擔心小米爸強迫她墮胎，只好刻意隱瞞。雖然她沒有害喜等徵狀，可是睡覺時刻意保持的距離，難免讓小米爸起疑。她為了隱瞞懷孕更是終日坐立難安，實在扛不住日漸加增的壓力，懷孕兩個多月時，只能乖乖招認。

果然如小米媽所料，小米爸二話不說，逼她立刻去婦產科實施人工流產。小米媽自有絕招，她放出重話：「你如果逼我把孩子打掉，我就離開你。」小米爸心疼她，也擔心墮胎對小米媽的健康造成虧損，

只好勉強答應，同時為了紀念他們在司馬庫斯的初識，孩子的小名就叫做「小米」。

就在既緊張又充滿期盼，同時也怕發生意外的心情下，一個月接一個月地過去了。小米爸更是戒慎恐懼，只要一點風吹草動，就往急診室跑。隨著胎兒逐漸長大，小米媽卻因為擔心藥物帶給小米不良影響，沒跟任何人商量，就私自減少了治療紅斑性狼瘡的藥物劑量，因此身體不舒適的情況變得愈發嚴重，不但血壓升高，還合併嚴重的蛋白尿、腎臟炎。可是，她卻選擇隱瞞事情真相，只告訴小米爸檢查結果都還不錯。

懷孕七個多月時，正準備出門買菜的小米媽，突覺暈眩襲來，勉強支撐著搭乘計程車到春城醫院。走入醫院大廳後，小米媽剛拿出手機打給小米爸，說沒兩句話，就昏倒在地。幸好當時她人就在醫院，於是，立刻被送往急診室。當小米爸趕到時，小米媽已經陷入昏迷，昏迷指數只有五，非常危險。

由於情況緊急，時間拖久了會影響胎兒，醫師決定立刻手術。剖腹手術前，醫師特別跟小米爸解釋，小米媽開完刀不一定會清醒過來，但是，小米已經七個多月，體重預估也有八百多克，以春城醫院新生兒科醫護團隊的能力，有機會存活……。但小米爸似乎聽不進這些，只是不斷說：「醫師，求求你一定要救我老婆！」

小米爸守候在手術室外，焦急地走來走去，不久後，護理師出來跟小米爸說，寶寶已經送往新生兒科，但是小米媽狀況不穩，又無法止血，恐怕情況不樂觀。隨後趕來的小米奶奶聽到這裡，兩手合十說：「感謝老天爺，我的孫子有救了。」可是，小米爸關注的重點卻是小米媽，聽說小米媽情況不妙，幾度要衝進去，都被護理人員拉住，警告他：「如果你再繼續吵鬧，我們就必須請你離開這裡。」小米爸只能哭求著：「拜託你們一定要救救我的老婆，一切拜託你們了。」

　　折騰好一會兒，小米爸哭得嗓子都啞了，卻依然沒有喚回小米媽，小米媽一句話也沒有留下，就這麼走了。小米爸不斷呢喃著：「妳怎麼這麼殘忍，就不管我了，我怎麼辦？我要怎麼辦？」護理師好心勸他去看看新生兒加護病房保溫箱裡的小米：「你的孩子很虛弱，不到一千克，狀況也不穩定，你去跟他說說話，可以激起他的生命力。」小米爸隨口拒絕了，他完全被掩埋在失去妻子的傷痛與絕望中，哀哀說道：「我不要去看他，他害死了他媽媽。」

　　送小米媽去到太平間後，小米爸獨自在裡面待了許久，說什麼也不願意離去，直到服務人員強制要求，他才步履蹣跚地掩面離開。小米爸回家以後，就把自己關在房間裡，不吃不喝，抱著帶有小米媽味道的毯子，淚流了乾、乾了又流，他不願意相信小米媽就這樣不告而別。

沒見過面的女兒

　　時序進入夏天，正是榕果的生產期，往昔這是迷寶們既興奮又忙碌的採收時刻，就怕慢了一步，被其他鳥類搶走榕果。可是，現在的景況卻變了，迷寶的問候語不再是「你採了幾顆榕果？」，而是「小米有沒有活下來？」迷寶們除了緊盯著小米的每個變化，同時還要嚴防黑爺爺的暗黑行動，這幾乎成為迷寶們難度極高的不可能任務。

　　當然，絕大多數的迷寶都希望小米可以留在人間，不要到迷寶花園來。他們自動分組輪班，到新生兒加護病房外守候，並且組織了緊急聯絡網。小秋和拼圖幾個比較資深的迷寶，則到玻璃屋和白奶奶並肩作戰，小秋忙得幾乎無暇探望再度住院的媽媽。

　　在一個小秋當值的夜晚，他坐在半空中的玻璃屋裡，心裡有種異樣的感覺緩緩升起。他很早就聽說過玻璃屋，因為是迷寶禁地，他始終沒有來過，這次情況特殊，白奶奶破例讓他們幾位資深迷寶進入。玻璃屋的視野很廣，四面八方都看得很清楚，可是，他卻看不到迷寶們的未來。就像小米，誰又能掌握他的生命？如果他可以見到天神，多希望當面請求祂救救小米。

　　「小秋哥哥！」當小秋沉浸在自己的思緒中，突然聽到有個微弱的聲音呼喚他。他抬起頭，就看到漂浮在玻璃屋前的小米，身影依然不停閃爍，而且似乎更模糊了。小秋急忙起身扶著小米坐下，並關切地問：「你還好嗎？有沒有我可以幫忙的？」

小米虛弱地點點頭又搖搖頭，眼睫間依稀有水光閃了閃：「我不知道我好不好？我爸爸沒來看過我，他也不喜歡我。可是，我記得媽媽搭計程車趕到醫院時，她摸著肚子，不停地跟我說：『小米，你要好好活著，幫媽媽照顧你爸爸。』現在媽媽不在了，我要照顧爸爸，爸爸卻不要我照顧，我不知道怎麼辦？」小米哭得太傷心，引起劇烈咳嗽，玻璃屋也跟著急遽搖晃，晃了很久，都沒有停歇的意思。小秋這才發現是地震造成的搖晃，他抓住小米恍惚的身影：「不怕，不怕，小秋哥哥在這裡。」

黑爺爺這時卻冒出來，擠出誇張的假笑：「嘿嘿！小米，不用想那麼多，你註定就是個沒人愛的小孩，跟我走吧！我帶你去好玩的迷宮……。」就在這個關鍵時刻，小寶衝過來，顧不得這麼做是不是沒禮貌，把黑爺爺用力推開：「壞爺爺，你走，你走！小米，趕快回去保溫箱，護士阿姨要餵你吃奶了。」小寶連拖帶拉的把小米拽走，小秋也跟著去到加護病房。白奶奶坐在門口的椅子上，正低著頭念念有詞，為小米禱告，這真是分秒必爭的搶救靈魂大作戰。

小秋向白奶奶靠了過去：「白奶奶，我們只能坐著等嗎？真的沒有其他辦法幫助小米？」這時，連平常充滿正能量的白奶奶也無力地搖搖頭：「小米爸不曾來過加護病房，這跟小米許下什麼心願無關，只要小米爸來看他就夠了。當初小夏早產的時候，你媽媽雖然傷心，

至少還去看過小夏……。」

拼圖突發奇想：「我們可以去找小米爸爸嗎？求他來看小米。」

「你們去不了，他也見不到你們。」白奶奶直接就打了回票。

姍姍卻說：「白奶奶妳可以去啊！妳不是會飛嗎？妳只要去跟小米爸說他再不來，小米就有生命危險了。」

白奶奶無奈地嘆口氣：「我也希望小米活下來，但是這麼做是違規的，我不但會受到處罰，也會波及你們這些迷寶，我必須好好保護你們。」

「我可以在這裡繼續等嗎？感覺上離小米近一點。」小秋徵求白奶奶的同意，「看到小米努力掙扎，我就想到自己。我當時快要離開暗暗的子宮，恍惚看到前方的光線，我正要追著小夏出來，卻一陣天旋地轉，睜開眼睛，就發現自己到了迷寶花園。我希望小米的運氣比我好一點。」

聽到小秋這麼說，拼圖、姍姍、小寶……，也都分別回想起各自在媽媽子宮裡的經驗，這些經驗都讓他們不勝唏噓。雖然夜已深沉，他們都不想回到樹洞裡，提前吃了榕果增加靈力，紛紛圍在白奶奶身邊，期待小米情況好轉。看到大家的心情一片低迷，小寶伸了個懶腰：「你們不要垂頭喪氣，我覺得迷寶花園也很不錯啊！至少榕果比羊水美味。」

姍姍瞪了他一眼：「不錯什麼？沒有爸爸和媽媽。」姍姍的話似乎觸到迷寶們的痛處，就連小寶也安靜下來。

　　他們已經沒有機會回到爸媽身邊，所以更加希望小米可以代替他們活下去，體會人間美麗的世界。相較之下，小米擁有的比一般迷寶們都多，至少他有自己的名字，爸媽都很愛他，他除了早產，體重輕一些，卻沒有其他病痛，而且他爸媽都結婚了，生下他是合法的。最大的差別可能就是小米媽為了生下他，保住小米的生命，卻犧牲了自己，也造成小米爸傷心之餘不願意理睬他。

　　拼圖想到自己悲慘的命運，難過地問白奶奶：「為什麼我們都無法順利出生呢？為什麼都要面對死亡？」

　　白奶奶抬頭瞧了瞧加護病房，保溫箱裡的寶寶們都睡了，只有值夜班的護理師還在忙碌。她把幾個迷寶攬在身邊，從身上拿出一顆榕果跟他們說：「你們還記得我說過榕果的故事嗎？我以前說過，可能你們忘了，小寶是新來的，你們跟著小寶一起再聽聽吧！你們知道嗎？為什麼你們吃了榕果會變得有力量？因為小小一顆榕果裡面，充滿無數的榕果小蜂，也就是無數的生命。榕果小蜂長得非常小，比螞蟻還小，他們的一生雖然非常短暫，卻要面臨許多危險和挑戰。當小蜂媽媽奮力鑽進榕果，準備產卵時，就等於開啟了她充滿驚險的生命之旅了。

小蜂媽媽所產的卵孵化後叫做蟲癭，牠們就好像人類的胎兒。蟲癭以榕果內的小花為食物，不斷的進食、長大，當蟲癭羽化以後，成熟的小蜂爸爸就會讓小蜂媽媽懷孕，然後小蜂爸爸會努力把榕果咬開一個洞，讓小蜂媽媽飛出去，繼續尋找另一個榕果作為育嬰房。這段時間裡，對榕果小蜂來說可謂危機四伏，小蜂媽媽可能來不及產卵就死了，或是生產的卵無法孵化，更糟糕的就是小蜂爸爸沒辦法咬破榕果，這些小蜂媽媽飛不出去也會死掉。小蜂爸爸呢？那麼辛苦地完成任務，卻一生都沒有看過榕果外面的世界，就結束了生命，也很值得我們尊敬。

　　這就跟你們媽媽懷孕一樣，每個環節、每個過程都很重要，也可能發生無法預期的意外。可是，不管是榕果小蜂或是你們的媽媽，不會因為可能的風險，就放棄努力。你們看小米的媽媽，即使知道懷孕很危險，依然勇敢地生下小米，犧牲了自己的生命。」

　　這回，拼圖再聽了一次白奶奶的解說，加上幾年間自己的閱歷也增加了，某些心頭的結似乎慢慢就鬆動了。每個生命就好像迷寶花園裡的花朵，今天還開得很燦爛，隔天就可能被一場大雨打落枝頭，都是無法預期的。雖然他沒辦法陪在爸媽身邊活下去，但是他希望爸媽可以快樂地活下去。

　　白奶奶望著靠在她懷裡睡著的姍姍和小寶，便對小秋說：「今天

沒事了，你和拼圖把弟弟妹妹帶回去休息，我在這裡留守就可以了。喔，對了！記得跟姍姍說，她的媽媽這兩天會帶哥哥姊姊到醫院打預防針，她可以去小兒科等等看，說不定會遇見她媽媽。」因為小米的問題，這陣子大家都很低潮，這個好消息就像是榕果快要吃完的時候，突然發現一棵長滿榕果的大榕樹那般振奮人心。姍姍聽到後，應該會更加雀躍期待。

　　計程車在春城醫院大門口停下後，姍姍媽請司機幫忙把雙座嬰兒車拿下來，她先調整好嬰兒車，才把雙胞胎一一放進去，綁好安全帶。當她緩緩朝大廳推過去，沿路引起不少注目禮。全國出生率是世界最後一名的當下，小嬰兒尤其是雙胞胎很容易受到矚目。

　　當姍姍媽把雙座嬰兒車推進電梯，因為嬰兒車體積過大，乘客都儘量貼壁站立，把空間讓給嬰兒車。穿著花洋裝的阿姨忍不住問姍姍媽：「是龍鳳胎嗎？真羨慕，我那兒子結婚幾年了，怎麼都不肯生。」一位頭髮略微花白的阿姨則笑說：「你兒子至少還結婚了，我那女兒說什麼要做不婚族。」

　　姍姍媽聽了，隱隱有些驕傲，禮貌地笑了笑說：「生孩子也不容易。」

　　另一位孕媽咪挺了挺肚子說：「我只想要雙胞胎，結果懷了四胞

胎，必須得減胎，也是麻煩。」

「為了媽媽和其他胎兒好，減胎是應該的。孩子那麼小，還沒有成形，減胎後，自然就會萎縮掉，影響不大的。」姍姍媽根據自己的認知這樣回答。

孕媽咪身邊的女性卻立即不悅地提出抗議：「即使是個胚胎，也是一個生命。」孕媽咪搖了搖頭阻止她：「不要說了，越說我越難以決定。」她倆交談的聲音隨著走出電梯的身影而逐漸遠離，卻在姍姍媽的心裡掀起高低起伏的波浪。

近幾個月來，隨著雙胞胎的模樣愈長愈可愛，姍姍媽便不斷給自己洗腦，她懷的是雙胞胎，這樣，她就不會去想到自己減去的孩子。況且胎兒還那麼小，算不上「孩子」，彷彿她這樣自我安慰，就無需承受內心的折磨和愧疚。

在小兒科報到後，護理師先測量雙胞胎的身高、體重，接著，姍姍媽抽了號碼牌，坐在候診椅上等待。放眼望去，竟有好幾對雙胞胎，她暗自揣想，應該也是試管嬰兒吧！或者也做過減胎手術吧！那就表示減胎很常見，許多人都做過，這麼一想，似乎就可以合理化自己的減胎行為。

可是，望著女兒的臉龐，她卻忍不住想像另一個女兒的面容，她倆會長得一樣嗎？像媽媽還是像爸爸？似乎就在這一刻，她突然感知

到自己曾經失去過一個孩子，在不得不的選擇之下，那個孩子被迫無法來到這個世界。她以為自己早已忘記，所以不在乎，可是就在聽到電梯裡那位女士的抗議之詞，她卻強烈感覺到已消逝女兒的存在。

姍姍媽心裡愈來愈不平安，忍不住掩面，眼淚順著指縫悄悄溢出。當時沒有過來人陪在她身邊，她無法訴說自己曾經有過的疑惑和掙扎，加上丈夫也贊成，最後就稀里糊塗地減了胎。如果那時有人幫助她，她就不會把自己的真實情緒壓在心裡最底層，如今突然冒出來，彷彿地底不斷擠壓、碰撞的板塊，急於釋放累積的能量，她再怎麼自我安慰，也很難壓抑下去。

等候看診的當下，姍姍媽眼前晃過一位牽著小孩的孕婦，驀地想到電梯裡遇見的孕媽咪，她就要決定做減胎手術了嗎？姍姍媽忍不住有股衝動，想要跟那位孕媽咪談一談，無論孕媽咪要減掉幾胎，希望她都不會有遺憾。姍姍媽想到這裡就立刻採取行動，推著雙座嬰兒車，搭電梯趕往婦產科，希望那位孕媽咪還沒有離開。

這天晚上，姍姍媽把雙胞胎哄睡以後，坐在電腦前，在網路上發表了一篇文章，文章的標題是〈給我沒見過面的女兒〉。她首度公開承認，自己當初懷的是三胞胎，而她做了減胎手術。文章中，她跟女兒表達歉意，也寫下「對不起」這三個字，並且希望女兒在另一個世界過得好，找一個好人家投胎。

　　當迷寶們為著小米剛度過打敗病毒的難關而慶賀時，未料，小米卻出現在玻璃屋外，而且更加模糊閃爍的身形，就好似隔著毛玻璃看小米，頓時，玻璃屋裡又湧起愁雲慘霧。小寶脫口就說：「小米，小米，拜託拜託，你千萬不要放棄！」小米卻低著頭沒說話。

　　白奶奶連忙制止大家：「你們不要怪小米，他突然發高燒，醫師檢查是肺炎，正在用抗生素治療，所以他身體比較虛弱。來來來！小米坐到白奶奶這兒，大家都別愁眉苦臉了，我來說個好消息，姍姍媽實現了姍姍的願望，她寫了一篇文章，發表在網路上，我讀給大家聽。」

〈給我沒見過面的女兒〉

　　很多朋友都羨慕我，擁有一對可愛的雙胞胎，其實，我曾經懷的是三胞胎。當時，考慮到經濟問題、養育問題，以及三胞胎可能造成早產或發育遲緩等，甚至母親也可能遭遇妊娠毒血症，幾經考慮，我們夫妻選擇了減胎手術。

　　我懷的是一男兩女，所以我減掉了一個女兒。我一直以為，減掉的就是一個不成形的胎兒，她還那麼小，捨去她，她應該不會有感覺，只能算是跟我沒有緣分罷了。因此，我歡喜地期待雙胞胎的降臨，對外也說我懷的是雙胞胎，似乎

那個減掉的胎兒，跟我沒有任何關係。

　　就在今天，我聽到一個懷了四胞胎的媽媽說，當她要面對減胎手術時，她心痛得不得了，不管減掉哪個胎兒，那都是一個珍貴的生命，她百般不捨。她不斷跟減掉的孩子說對不起，即使胎兒很小很小，那也是她的孩子啊！

　　我坐在她的身邊，輕握著她的手，望著嬰兒車裡我那睡得安詳的雙胞胎，我頭一回為那沒有謀面的女兒哭泣。如果她活著，她長得會是什麼樣？像爸爸還是像媽媽？如果她聽得到，我想跟她說：女兒，媽媽雖然沒有見過妳，我相信妳一定長得很可愛、很活潑，就像姊姊一樣。媽媽放棄妳，不是不愛妳，即使說再多的「對不起」，都不足以表達我跟妳爸爸對妳的歉意，但是，媽媽一定要在這裡鄭重的跟妳說聲「女兒，對不起！」

　　女兒！哥哥姊姊都很健康，謝謝妳。當哥哥姊姊長大以後，我會告訴他們，要他們永遠記得，他們寶貴的生命是用妳的犧牲、妳的愛而換來的。女兒，再次謝謝妳，媽媽愛妳。

　　白奶奶念完這篇文章後，忙把姍姍抱在懷裡，親了親她的面頰。迷寶們聽了更是心有戚戚焉，小寶直接嚷嚷出自己的感受：「太感動

了，太感動了，我快不行了。」他不停擦著眼角的淚水，不住呼氣。姍姍自己則又哭又笑著說：「我媽媽終於承認我了，我是媽媽的女兒，我太開心了。」

　　沒過多久，姍姍突然慘叫一聲並快速說著：「白奶奶，我實現願望了，可是我……我還不想走！我要陪小米，我要等小米的好消息。好不好？只要再一下下、再一下下就好。」向來霸道囂張的姍姍，難得跟白奶奶撒嬌。連拼圖也幫忙求情：「白奶奶，我的時間讓幾天給姍姍可不可以？」

　　白奶奶沉默了一會兒後，終於回答他們：「拼圖，你不需要讓出你的時間，我答應姍姍再停留二十四小時。」然而，二十四小時內，姍姍看到的是小米來到迷寶花園，還是贏得活下去的機會？

搶救小米大行動

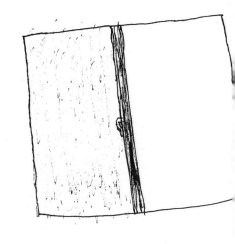

小米這次的高燒來勢洶洶，即便使用抗生素，肺炎情況也沒有改善，高燒持續不退，醫師懷疑是腦膜炎，即刻安排抽脊髓檢查。更糟的是，小米各項生命體徵也在惡化中，新生兒加護病房隨即發出病危通知給小米爸。

　　在此緊急狀況下，迷寶們都以為小米爸一定會立刻趕到醫院。依照小米家到醫院的距離計算，大約半小時就足夠了。可是，隨著時間一分一秒的過去，派到醫院大門和新生兒加護病房門口守候的迷寶都未發現小米爸的蹤影。大家急壞了，眼巴巴望著白奶奶，白奶奶的眉頭卻是愈皺愈高。

　　就在大家一籌莫展、無計可施之餘，黑爺爺悄悄現身，他要緊緊把握這個難得的機會，誘拐迷寶們去找小米爸爸。反正小米不可能救起來了，任何迷寶只要離開迷寶花園，就會付出慘痛的代價，非但不能完成心願，還必須乖乖跟他去暗黑大陸，他不就可以一石好幾鳥！

　　黑爺爺愈想愈開心，嘴角忍不住往上翹。於是，趁著白奶奶去探望保溫箱中的小米，他把小秋和拼圖叫到樓梯間，神秘兮兮地問他們：「你們真的想要救小米嗎？」

　　小秋和拼圖互看一眼，反問他說：「黑爺爺，你又想玩什麼花樣？」

　　黑爺爺嚴肅的腔調變得溫柔許多，甚至故作感性地說：「你們誤會大了，這回，我真的是被你們這些迷寶感動了，所以，我真心想要

幫助你們。你們每人只要各吃下十顆榕果，增加你們的靈力，我就可以送你們到小米爸爸家，讓你們及時勸他來醫院搶救小米，再晚，可就來不及了。像小米這樣悲傷絕望的孩子，最後一定會跟我去暗黑大陸的。」

小秋心頭免不了懷疑：「你是不是在騙我們？白奶奶警告過我們很多次了，如果離開迷寶花園，就會魂飛魄散，再也沒機會實現願望。」

黑爺爺無奈地說：「所以我要你們多吃一些榕果，除了吃下榕果，只要不停留太久，快去快回，應該就沒問題了。我不可能騙你們，你們也知道，去暗黑大陸也必須是你們自己的選擇，我不可能強迫你們的。你們要快點決定喔，小米的呼吸愈來愈微弱了。」

小秋和拼圖商量後，也覺得事態緊急，決定瞞著白奶奶，悄悄募集榕果，希望可以及時搶救小米。當他們正準備出發時，小秋卻感到隱隱不安，黑爺爺向來狡詐，又非常重視他的「業績」，萬一黑爺爺真的耍詐，他和拼圖都會吃虧上當，甚至讓他們長久以來的等待落空，那樣豈不糟糕？尤其是拼圖近況不佳，身體虛弱，此趟任務艱鉅，他不希望拼圖跟著他冒險。於是，小秋趁著拼圖不注意時把他打昏，用氣根綁起來，藏在樹洞裡。

當黑爺爺發現只有小秋一個人前來，難掩失望地說：「拼圖呢？

他臨陣退卻了？」

「他擔心我們兩個都不在，白奶奶會起疑心。」小秋扯了一個小謊。

黑爺爺氣惱地說：「真沒用！」繼之一想，小秋是迷寶們的精神領袖，毀了他，對自己也是一大利多，連忙催促著說：「我們快走吧！」黑爺爺隨即張開他的大黑斗篷，將小秋裹在斗篷裡，倏地飛到小米爸家所在的大樓。黑爺爺往上指了指：「他們住在六樓，你自己進去，我在外面等你，動作要快喔！」

小秋沿著每層樓突出的陽臺攀爬到六樓，查看六樓的每一扇窗戶尋找小米爸，終於發現小米爸在書房裡，正呆呆望著電腦螢幕，不停的掉淚。小秋顧不得自己突然闖入，是否會嚇到小米爸，跳進窗戶立刻大叫：「小米爸，你要趕快去醫院，去晚了，小米就沒救了！小米在等你去看他……。」可是，無論他叫得多大聲，甚至繞著小米爸一直跳、揮手做鬼臉，或是用身體去撞他，小米爸都沒有反應。他恍然大悟地拍拍自己腦袋，「笨啊！」他匆忙趕過來，卻忘了自己根本無法跟小米爸溝通，小米爸也看不到他。早知道應該帶小夏過來，就可以說話表達，讓小米爸願意趕去醫院，但現在說什麼也來不及了。

小米爸仍兀自看著電腦圖片檔案裡小米媽的照片，陷溺在自己的回憶裡。從他跟小米媽認識交往、戀愛、結婚，以及結婚典禮的影片，

他一遍遍看著，抹著不會停歇的眼淚，不斷自責地說著：「薇薇，妳躲到哪裡去了？妳難道不明白，我只要有妳，就足夠了？我們為什麼一定要有孩子？如果我當初堅持不讓妳留下這個孩子，妳也不會就這麼走了！是我的錯，都是我的錯！」他邊喊邊拍打自己的腦袋，即使當初已有心理準備，卻總覺得小米媽可以熬過難關，陪伴他長長久久，如今的結果他怎麼也無法接受。

小秋在一旁聽了，雖然很同情小米爸這麼愛小米媽，卻更氣小米爸只顧自己傷心，全然不顧小米的死活。

這時候，醫院又來電話通知家屬小米隨時會離世，必須趕緊到醫院見最後一面。小米爸木然地拿著手機淡漠說：「我知道了。」可是他依然坐著不動。小米奶奶推開書房門，著急地問：「是不是醫院又來催你？小米這麼危險了，你連一眼都不願意去看他？有你這麼狠心的爸爸，你不去，我去！」小米奶奶氣呼呼地甩上門，趕去醫院。小秋知道，即使小米奶奶趕去醫院也無濟於事，根本救不了小米。他怎麼也想不到，小米爸竟然狠心到連最後一面都吝於給予。

情況膠著之際，又出現新變化，拼圖竟然氣喘吁吁地從書房窗戶爬進來，姍姍也隨後而至。小秋氣得臉色發白，幾乎失去平日的淡定，「你……你怎麼來了？還有姍姍。唉！你們來了也沒有用，我們根本無法跟小米爸溝通！」

拼圖阻止他發飆：「你先別急著生氣，現在不是罵我的時候。你冷靜點聽我說，這一切都是黑爺爺的陰謀！白奶奶發現你來這兒，想要阻止已經來不及，不得已，只好帶了我們一同趕過來。但是她只能給我們一小時，無論有沒有完成任務都要趕回去，否則，我們很可能就不能留在迷寶花園了。」

小秋低垂著頭：「對不起，我竟然一時糊塗，連累了你們。」

姍姍拍拍小秋肩膀說：「我沒關係啦！我反正馬上要走的。不過，白奶奶給了提示，關鍵就在照片裡。」

小秋聽了，心裡更加自責與難過：「白奶奶洩漏天機，會受到嚴厲處罰的。」

拼圖隨即打斷他的話：「懊悔也沒用，我們還是趕快把握機會動動腦吧！」

小秋只得收拾自己紛亂的心情說：「我剛剛看過了，電腦裡有很多小米媽的照片，但到底哪一張才是關鍵？」姍姍伸出手指著電腦螢幕，邊看邊猜：「剛剛懷孕、第一次見面、求婚，還是結婚……？」

拼圖也絞盡腦汁地想，並提出他的質疑：「小米爸為什麼待在書房裡？而不是臥室裡？」因此他認為書房應該才是關鍵所在。莫非是擱在書房裡的照片？

他們環顧書房，牆壁上、書桌上、手機裡……，每個角落都不放

過。姍姍突然注意到書架上層有個面朝下的相框,「你們看,這會是什麼照片?」他們嘗試好幾種辦法企圖把相框翻過來,卻怎麼也翻不過來,只好蹲到照片下方,從下往上看。姍姍不由驚呼:「這是小米爸和小米媽跌在小米堆裡的合照。」小秋記得小米提過,他的小名叫「小米」,就是因為媽媽差點跌倒,爸爸英雄救美,結果兩個人一起跌入小米堆,然後爸爸就對媽媽一見鍾情⋯⋯。

小秋激動地說:「應該就是這張照片,小米爸看到就會想到小米。」可是,三個人又推又擠又撞,沒有真實形體的他們卻無法將相框翻過面來。書房裡看起來也沒什麼有利條件,窗外沒有風吹進來,電風扇也是關著的,他們更不可能推動書架。姍姍突發奇想:「如果像前幾天那樣來個地震就好了!」剛說完,大樓就開始晃動,「天哪!天哪!真的是天地都受到感動嗎?」姍姍簡直不敢相信。

說時遲、那時快,書架上的相框「叭!」地掉到地上,照片跌出了相框,小米爸受到驚嚇,扶著書桌穩了穩身體,連忙起身撿起這張彌足珍貴的照片,拍了拍灰塵,又仔細檢查有無損壞,同時勉強苦笑著說:「薇薇,這是妳最喜歡的照片,看妳笑得多開心⋯⋯。」說完,小米爸頓時哽咽得幾乎說不出話來。當小米爸拿著照片,正要坐回椅子時,意外發現照片背後夾著的一封信,跟著掉落地面。撿起來一瞧,竟然是小米媽留給他的信。小米爸搓了搓手,手指顫抖著打開信,一

字一句地讀著信中的內容——

　　胖胖朱，這是我第一次親手寫信給你，也可能是最後一次。

　　你看到這封信時，表示我可能已經不在了。謝謝你明知我有病，還是堅持跟我結婚。我們那麼相愛，誰都不願意離開誰，我也好想陪伴你長長久久，可是，事與願違，我縱然捨不得你，還是要提早離開你。當我知道自己的疾病無法得到醫治，隨時都可能惡化，就想要留給你什麼。

　　為你懷孕，是我幾經考慮後的決定。抱歉！沒有事先徵求你的同意，因為我知道，你一定會阻止我。可是，我只有這樣做，當我走了以後，至少還有小米陪伴你。你只要看到小米，就會像看到我一樣，因為小米有一半的我，一半的你啊！他沒有媽媽照顧，已經很可憐了，你如果愛我，就要多愛他一些。他來得不容易，是我禱告許久求來的，一直小心呵護，他更是我們兩個的寶貝，你一定要愛他喔！小米就拜託你了。

　　　　　　　　　　　　　　　　　　　永遠愛你的薇薇

小米？！小米媽信上的每個字每句話就像銀針扎進小米爸的穴道，他突然清醒過來，記起他跟薇薇有個孩子叫做小米，小米等於有一半的薇薇。對啊！對啊！他要去找小米，「小米！你在哪裡？」他大叫著。

「在加護病房啊！快去啊！」小秋三人急壞了。

這時，正好小米奶奶打電話來催促：「兒子啊！快點來，不然就見不到小米最後一面了。」小米爸立刻站起身，抓著手機，以最快的速度衝出書房、跑出大門。

小秋三人也準備離開趕往醫院，走之前他們不約而同地回頭看牆上的時鐘，差五分鐘就要滿一小時，拼圖緊張地催促大夥，「快！我們也要趕快回去。」千鈞一髮之際，黑爺爺衝出來企圖阻止他們，白奶奶卻以更快的速度張開白披風裹住三個迷寶，飛回春城醫院。

新生兒加護病房門口正充滿著緊繃的氣氛，大家都快喘不過氣來。小米徘徊在加護病房門口，魂體若隱若現，先到一步的黑爺爺急忙要拉他走：「不要等你爸爸了，他根本不愛你，他也不要你。」小寶卻拚命阻止：「黑爺爺，你不可以犯規，時間還沒到，小秋他們一定會完成任務的。」

小米苦笑了一下，魂體閃爍的力道愈來愈弱，靈魂似乎要完全消失了。這時，病房裡傳來護理師的聲音：「小米的生命指數歸零了。

通知醫師吧！」守候一旁的小米奶奶聽了，渾身顫慄，哭喊著：「我的孫子啊！」

醫師走進加護病房，正準備宣告小米的死亡，小米爸衝了進來，他不顧一切的呼叫著：「小米！小米！爸爸來了！」他擠開保溫箱旁的小米奶奶，小米奶奶黯然地對著他搖搖頭。小米爸卻不管不顧地繼續喊著：「小米！媽媽已經不在了，爸爸只有你了，你不能走啊！小米，對不起，爸爸沒有來看你，爸爸其實……其實愛小米你的！爸爸愛你啊！你聽到了嗎？」

出乎所有人意料之外的，小米爸的話語就像充滿著神奇力量，小米已經歸零的心跳、呼吸、血壓……開始緩緩上升，小米又活了過來。這真是奇蹟耶！小米始終覺得爸爸不愛他，所以不理睬他，也不肯來探視他，可是，他現在卻聽到爸爸說對不起，還有爸爸愛他耶，他實在……實在太感動了。他堅定地告訴自己，他要留下來陪伴爸爸，所以他飄盪的靈魂重新回到屏弱的軀體裡。在旁的迷寶們親身經歷這一幕，感動莫名之餘，更覺得不可思議，個個瞠目結舌，說不出話來。

小米爸靠在保溫箱的隔離罩旁，一聲聲叫喚小米，就怕少叫喚一聲，兒子又會離去。他用酒精消毒了右手，伸進隔離罩中，既興奮又激動地握住小米的手，彼此似乎都感受到對方的溫暖，小米的眼角悄悄滑落一滴眼淚。小米爸百感交集，心中揉雜著思念小米媽的悲傷，

臉龐上則是失而復得孩子的喜悅，他繼續對著小米說：「爸爸愛你，小米。媽媽不在了，爸爸很難過、太難過了。但是爸爸不怪你，真的不怪你，你沒有錯，你是無辜的。媽媽要我告訴你，她也愛你，非常愛你。你要好好活下去喔！爸爸會陪著你，媽媽也會永遠陪著你……。小米，你好棒，你是爸爸和媽媽的寶貝，你要健康的長大喔！」而小米奶奶則拍著小米爸的背，欣慰地望著頹廢消沉已久的兒子說：「來了就好，來了就好。」

這時，迷寶們也圍在小米的保溫箱旁，小米舉起另一隻沒被爸爸握住的手掌，跟大家比了一個「5」，就像他常常跟小秋互相擊掌的動作，小米則猶如花園裡飄飛的蒲公英終於要落地生根，輕柔地說：「謝一謝一你一們。」

姍姍也跟小米揮揮手：「我要走了，小米，你和爸爸一定會好好的喔，再見！」

黑爺爺眼見功敗垂成，擠出一個大醜怪的表情，氣呼呼地掉頭就走：「你們這群壞小鬼，等著吃苦頭吧！」

彷彿經歷過一場大戰，小秋渾身都快要虛脫散架。跟去了陽光樂園的姍姍告別後，離開醫院大樓，小秋拖著沉重步伐緩緩往迷寶花園走，小寶則嘰嘰喳喳地問他們去小米家的驚險遭遇，小秋正要叫小寶別吵時，突覺一陣天旋地轉，身形晃了幾下，就昏倒在地。身後的拼

圖著急大喊：「小秋！小秋！」他走過去要扶起小秋，沒想到拼圖自己也接著昏倒了。

　　小寶急得跳腳：「怎麼回事啊？拼圖！小秋哥哥！」小寶整個人慌了，誰能告訴他到底出了什麼事？當小寶跟其他迷寶手忙腳亂地把小秋和拼圖送回迷寶花園，想要跟白奶奶求助，哪想到更大的驚恐正等著他們，因為白奶奶躺在樹洞裡——也昏迷不醒！

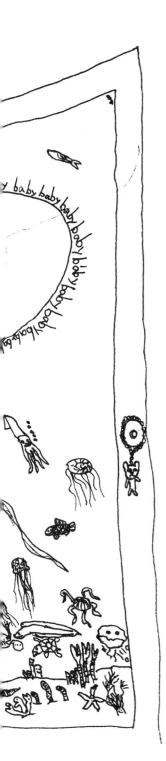

未完待續百子圖

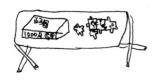

　　這是迷寶們從未面臨過的危機，負責照顧他們生活起居的白奶奶竟然昏迷不醒，精神領袖小秋暈倒，連迷寶隊長拼圖也不停昏睡。膽小的迷寶躲在樹洞角落裡哭泣，有些迷寶提議去找黑爺爺：「他一定有辦法的，他不會見死不救。」

　　向來機靈的小寶持反對意見：「我記得小秋哥哥常常告訴我，誰的話都可以聽，就是不能聽黑爺爺的話。這次小秋哥哥和拼圖昏倒，說不定就是他們聽了黑爺爺的話，所以中計了。」

　　「都怪小米，要不是小米……。」愛抱怨的小冰又開始發出怨言。

　　「你不要亂說，這是……擾亂軍心，我們不能自亂陣腳。」小寶制止他們，「我們應該想辦法救白奶奶他們。」

　　「要怎麼救？我們又不是醫師。」另一個迷寶問。

　　「平常我們身體太虛弱，支持不下去時，白奶奶都會叫我們吃榕果，她說榕果充滿生命力，所以，我們餵小秋哥哥和拼圖吃榕果好了。白奶奶比較有本領，她應該很快會醒過來。」小寶雖然資歷淺，可是他臨危不亂，迷寶們很快就接受他的指揮。

　　為了節省人力，同時預防黑爺爺趁機要陰招，迷寶們把小秋和拼圖抬到白奶奶的樹洞裡一起照顧。因為擔心小秋和拼圖無法吞嚥整顆榕果，他們就把榕果敲碎、搗爛，加上露水調和製成榕果醬，慢慢餵著小秋和拼圖。雖然技巧不純熟，但多少也能讓小秋和拼圖吞下一些。

然後，小寶按照迷寶的能力分組，輪流照顧，並且密切注意小秋他們的動靜。

過了一天，白奶奶果然率先醒過來，她一睜開眼，開口便問：「小秋和拼圖還好嗎？」

小寶連忙說：「他們還在昏睡，我們試著餵了一些榕果醬……。」

「很棒，你們做得很好，但是還缺一些東西。這兒留兩個迷寶看守，小寶你和小冰幾個去花園那棵最高的榕樹，就是天梯，從樹幹上蒐集榕樹汁液，用瓦罐裝回來，儘量多一些，我再去找其他需要的東西。」

白奶奶叮嚀完立刻衝出樹洞，往榕樹的樹冠飛去，在枝葉之間尋找剛冒出來的榕樹嫩芽。因為已進入夏天，嫩芽不多，白奶奶尋找好久，才勉強裝滿她的白披風口袋。她隨即飛回樹洞，把嫩芽鋪在有凹槽的石頭裡，用尖石搗爛，然後加上小寶們取回的榕樹汁液調和後，均勻敷在小秋和拼圖的額頭、胸前、兩手掌和兩腳掌上。當嫩芽加樹汁的敷料變乾，白奶奶又繼續更換新鮮的。另一方面，小寶他們則依循白奶奶的教導，每隔四小時將榕果醬餵給小秋和拼圖。如此持續兩個晝夜後，小秋和拼圖終於陸續在天亮時醒了過來，但是精神依舊很虛弱，說起話來皆是有氣無力。即使這樣，小寶開心得快要抓狂了，拍拍胸口說：「嚇壞小寶、嚇死小寶，你們終於醒了。」

但是，他們高興沒幾分鐘，白奶奶的一番話，如同驚天雷般地在他們頭頂轟然作響。

　　「小秋和拼圖你們違反規定，私自離開迷寶花園，必須接受處罰。因為你們平常表現良好，天神沒有收走你們的魂魄，但是，你們留在迷寶花園的期限卻必須縮短，小秋只剩下一個月，拼圖因為事後才離開去找小米爸，所以剩下兩個月，你們在期限內必須完成心願，否則……。」白奶奶也有點於心不忍，說不下去了。

　　小寶為他們抱不平：「白奶奶，這都是黑爺爺害的，不能怪他們。」白奶奶義正詞嚴地說：「每個迷寶做錯事，就要自己承擔責任，我是不是再三提醒過你們，不能違反規定。」

　　小秋揮揮手，制止小寶繼續為他們辯護：「這是我們自己的選擇，不能怪別人。這樣的處罰，已經比我預期的要輕得多。」

　　為免迷寶們繼續七嘴八舌，加上這陣子大家都忙壞了，白奶奶要求大家都回各自的樹洞休息。白奶奶的樹洞裡終於恢復安靜以後，拼圖坐在角落默默掉淚，小秋握著他的手說：「對不起，我不該受到黑爺爺誘惑，害你受到處罰。」

　　拼圖搖搖頭說：「你別這麼說，你又沒有逼我，是我要這麼做的。可是我不後悔，至少小米活下去了，他也得到了爸爸的愛。」

　　就在此刻，小秋做了決定：「拼圖，我的希望已經很渺茫了，我

媽媽憂鬱症情況始終沒改善，頂多維持現狀。所以，我會全力協助你完成心願。」

對小秋的好意拼圖未置可否，只是想到自己和小秋的未來，難過的情緒漲得滿滿的卻無處宣洩，他默默地走回自己的樹洞，現在他什麼都不敢想、也不能想。小秋則計畫把握僅剩的時光多去探望小夏。

當小夏跟保母坐在物理治療室外面等候時，小秋特地去看她，他沒有說出自己所剩時間不多，而是鼓勵她體諒媽媽，多愛媽媽一點。小秋說：「有人告訴我，就是因為我們一直不離開這兒，所以才會帶給媽媽不安。說不定我走了，這股怨氣也就散了，媽媽就能康復。」

小夏年紀雖小，也有自己的思維，或許是跟小秋的離去相關，她很排斥這個說法：「哥哥不要亂說，跟你沒有關係。我會趁媽媽睡覺時，跟她多說說你的好話。而且，阿姨也決定回來照顧媽媽了。爸爸說，阿姨和媽媽感情好，說不定可以讓媽媽好起來。」

「真希望如此。」小秋眉梢染上久違的喜色。

因為留在迷寶花園的期限縮短，小秋除了密集探望小夏，也在例行工作之外，把握時間和拼圖聊天談心，找出能幫拼圖圓夢的辦法。

雖然拼圖的期限比小秋長一個月，卻也覺得自己的心願渺茫。他指指自己頭頂跟小秋說：「你有沒有注意到，我的頭頂有一片雨霧，而現在明明是晴朗的好天氣。白奶奶說，這就表示我爸媽正在傷心，

而我感應到了。」說著，他摸摸自己沾染濕氣的頭髮，「我好希望媽媽能夠再懷個小孩，這樣她可能就不會傷心了，而我也可以放心離開。可是，媽媽年紀這麼大了，看樣子很難囉！」

小秋也吐露心聲：「我跟你一樣，也在嘗試改變自己的態度與想法。你看，我們兩個來了這麼多年，好像還是原地踏步，情況並未改善多少。現在時間不多了，我就想，如果我媽媽還是不肯提到我，或是已經漸漸忘了我，我也不怪她了，只希望她的憂鬱症能夠治好，不然小夏好可憐。」

拼圖腦袋又開始打結，「為什麼生孩子不是生出快樂，而是生出那麼多麻煩？我實在想不通。」

拼圖媽也想不通啊！她費盡千辛萬苦，想要懷個孩子，為什麼那麼難？當她接到春城醫院生殖中心打來的電話，不由得又勾起她那段傷心失落的回憶。雖然事情已經過去三年，回想起來，依然歷歷在目。

當時四十二歲的她，四次試管嬰兒都失敗了，後來才發現自己的免疫抗體會攻擊胚胎，使得凝血指數上升，造成胎盤不容易著床。經過免疫科醫師和婦產科醫師使用抗免疫藥物以及幫助抗凝血的針劑後，竟然意外地受孕成功。拼圖爸媽實在太高興了，但還是不敢掉以輕心。直到懷孕三個月，同時打了不少針劑，免疫醫師告訴他們，目

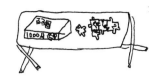

前指數看起來不錯，只要持續用藥即可，也就是說，算是過了危險期。

拼圖爸媽總算鬆了一口氣，特地到百貨公司頂樓的餐廳吃飯慶祝，飯後還在販售嬰幼兒用品的樓層裡慢慢逛著，計畫為嬰兒房添購物品。對他們來說，辛苦工作多年，積攢不少錢，高齡懷上寶寶，一定要給孩子買最好的，嬰兒床、嬰兒車、寶寶餐椅、嬰兒服、奶瓶、尿布……，凡是能夠想得到的，都要一一添齊。

當他們逛到生活用品部時，意外看到百子圖的千片拼圖，拼圖媽臉上充滿渴望說：「我們買下來，從現在就開始拼，等到寶寶出生時，剛好拼完，到時就掛在嬰兒房的牆壁上，你說好不好？」

拼圖爸原本想說：「妳連五百片的拼圖都拼不完，一千片，不可能吧！」可是看到她眼神中的熱切，不忍澆她冷水，就點了點頭，「我們一起拼吧！」

自那時起，下班回家的飯後休閒時間，拼圖爸媽就會到嬰兒房的矮桌邊，一片片開始拼圖。而週末假日時間多，他們就會拼得多點，邊拼圖邊興高采烈地分享對這個孩子的企盼。他倆都是金庸迷，為了幫孩子取名字，彼此為自己喜歡的主角拉票，如果生兒子，就叫做無忌、靖兒、沖兒或小寶？若是女兒，則取名小敏、芷若或是蓉兒？因為兩人各有所好，一直沒有定論。但至少那段日子裡，嬰兒房內充滿了笑聲。夫妻倆多年來在職場中的拚鬥不休，著實累了，如今他倆都

有相同的體悟，以後帶著寶寶過著一家三口的簡單日子也蠻不錯的。

萬萬沒想到，懷孕四個月時，醫師為了更準確地確認是否有染色體方面的疾病，同時做了羊膜穿刺和羊水晶片後，醫師竟然告訴拼圖爸媽，孩子的染色體異常。懷孕後就上網查過試管嬰兒相關資料的拼圖媽聽了，明白其中的嚴重性，不由渾身顫抖，當場說不出話來。拼圖爸握著拼圖媽冰涼的手冷靜地詢問醫師：「胎兒會有影響嗎？」

醫師面有難色地點頭，並清楚告知，染色體異常會造成孩子身體水腫，出生後也可能會有智能障礙、先天性心臟疾病、肢體畸形或聽力、視力缺陷等問題，所以醫師的建議是這個孩子不能留。

拼圖媽當場崩潰大哭：「不，我不要拿掉孩子，你們誰都不能搶走我的孩子。」對他們夫妻來說，這個衝擊實在太大了，原以為胎兒已經四個月，相對安全了，怎麼會……？拼圖媽想要留下孩子，堅決反對做人工引產。離開醫院時，拼圖爸媽討論後決定換一家醫院檢查，希望會有不同的結果。

當晚回家以後，拼圖媽獨自坐在嬰兒房，望著精心布置的房間，眼睛不由濡濕，拿起拼圖片的手都在發抖。她撫摸著已經微微隆起的肚腹，跟孩子說話：「寶寶，我相信你聽得到媽媽說話，你要加油，希望下次檢查所有項目都是正常的。你沒有病，你是健康的，媽媽等你來這個家，等了好久好久……。」

她哭了一陣子以後又對腹中孩子說：「媽媽年紀很大了，無法再做試管嬰兒，你是我最後一次機會。即使你身體有一點問題，媽媽也可以接受，媽媽絕對不會放棄你的。」

等待第二家醫院檢查報告的那幾天，拼圖媽幾乎夜夜都無法入睡，即使吃了安眠藥，也不斷在惡夢中醒來，只能抱著拼圖爸哭泣，不停地問：「為什麼會這樣？是不是人工授精、人工植入的胚胎與我們沒有感情，所以他不健康？」她找很多理由怨怪自己：「都怪我，老是把工作放第一，為了職場打拚，長期避孕避到想懷無法懷。即使採取試管嬰兒，也因為年紀大，所以卵子的品質不夠好。都怪我！」她難過得捶打自己的胸口。

拼圖爸握著拼圖媽的手，企圖安撫她，也責怪自己的疏忽：「對不起，應該是我的錯，全心只想攀上事業高峰，又想兩人自由自在沒有牽掛，所以過去一直都不想要有孩子。」

儘管拼圖爸媽各種自責，想要留住孩子，最終，第二家醫院的醫師還是宣判同樣的異常結果，這個孩子出生後問題會很多，尤其是心臟狀況更嚴重，懷孕後期可能胎死腹中。即使勉強生下來也無法養活，必須立刻採取引產方式，讓孩子娩出，否則胎兒過大再引產，對母體很不利。

對拼圖媽來說，她實在很難承受引產。因為胎兒還是活生生的，

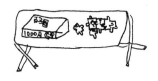

就要打催生針，以人工方式誘發生產的徵兆，等待陣痛襲來，再把未足月胎兒如同健康足月兒般生出。這世界怎麼了？她實在想不透。然而，時間已經很緊迫，不容再拖延，拼圖媽只好按耐住如荊棘纏繞周身的痛楚，在拼圖爸的陪同下住院待產。

催生針施打後，照醫師的說法，二十四小時後就會有陣痛，拼圖媽卻在病房等了三十幾小時才開始陣痛，每分鐘都是煎熬。送入產房後，卻是另一波煎熬的開始。拼圖媽躺在產檯上，周遭一片冰涼，她卻緊張得冒汗。等了許久，陣痛逐漸加劇，可是，儘管她努力吸氣、呼氣，孩子卻彷彿依依不捨般遲遲不出，拼圖媽簡直就像被剜心刮骨般，每寸肌膚都在痛。醫師跟拼圖媽解釋，因為胎兒有些水腫，加上胎位不正，已經卡住子宮頸口，所以下不來，他必須配合產鉗把孩子一塊塊取出。

拼圖媽聽著器具碰撞的聲音，產鉗拉扯著，簡直比陣痛還痛，但她的心更痛，只覺得冷氣愈吹愈冷，她彷彿被扔進結冰的河裡，不斷問醫師：「孩子會不會痛？」邊流著淚邊跟孩子說：「寶寶，對不起，媽媽對不起你啊……！」這一刻，為著無法至少留給孩子一個完整的身體，她的心也像孩子般碎成片片。手術過後，當護理師問她要不要看看寶寶？寶寶要如何處理？她哪裡敢看啊！那太殘忍了，她有氣無力地說：「去問寶寶爸爸吧！」

拼圖媽失去孩子以後，還是要照常坐月子、調養身體。拼圖爸貼心地聘請月嫂照顧她，自己也請假專心陪伴。但拼圖媽已然失去生命焦點，每天只是呆呆地坐著，拼圖爸擔心說錯話，只能靜靜地陪在一邊。靜養滿一個月，拼圖媽的身體經過檢查後，醫師確認都恢復正常，但是她卻指指自己的心跟拼圖爸說：「這裡……這裡還沒有恢復，也永遠恢復不了了。」拼圖爸將拼圖媽擁在懷裡，低頭悄悄掩飾自己奪眶而出的淚水。

　　等拼圖媽能夠重返職場後，夫妻二人又像過去般狂熱地埋首工作中。但是，拼圖爸看到拼圖媽臉上掩藏不住的憂傷，知道她還沒有走出困境，即使拼圖媽不太願意說話，他還是儘早下班回家陪伴她，或是親手做些料理給她吃。

　　夜裡回房睡覺時，拼圖媽很害怕經過嬰兒房，每回都刻意偏著頭，不去看一眼，好後悔當初為什麼把嬰兒房放在主臥室隔壁，經過一次，傷心一次。拼圖爸瞧出她的難受，體貼地特意問她：「如果妳不想看到，我就把嬰兒房裡的東西搬走。」拼圖媽使勁搖著頭：「不，不要！先留著，不要動，如果寶寶回來，還會看到我們為他準備的房間。」

　　拼圖爸倒是每隔幾天會到嬰兒房坐坐，把房間整理一番。打開衣櫃抽屜，望著孩子每次產檢的超音波照片，不免想到引產前最後一次超音波，胎兒的心跳聲雖然微弱，還是一聲聲撞擊著他們的心。他的

眼眶忍不住紅了，拚得了全世界，擁有了高名聲，卻連一個孩子都無法掌握住。除了嘆氣，他什麼也做不了。

　　夜深了，拼圖媽卻輾轉難眠，拼圖爸不知如何安慰她，只能把她摟在懷裡，輕輕拍著她的背。拼圖媽貼靠著拼圖爸的胸膛默默流淚，她無法描摹心裡的苦痛，丈夫再傷心，也無法體會孩子在她子宮裡那種血脈相連的愛、深入骨髓的愛。她唯一希望的是，這樣的傷痛能夠慢慢淡去，但是可能嗎？

　　事隔三年，再度接到醫院的電話，問他們是否還要再做試管嬰兒？拼圖媽握著電話的手，久久沒有放下，她彷彿又回到昔日，再度陷溺在無以名狀的悲傷中。拼圖爸下班回家時，發現客廳裡沒有開燈，打開壁燈後，在柔黃的燈光中見到拼圖媽坐在沙發上發獃，來不及穿拖鞋，連忙走過去坐在她身邊問她：「怎麼了？發生什麼事了？」

　　拼圖媽睜著紅腫的眼睛說：「醫院打電話問我還要不要做試管？我都快四十五歲了，還有機會嗎？上次都快取不到卵子，還要再試嗎？萬一又失敗呢？我一定會瘋掉，我再也受不了眼睜睜看著孩子離開我的身體……。」過了一會兒她又說：「我聽說可以借卵，找一個比我年輕的女人，借她的卵子……。」

　　拼圖媽的話尚未說完，拼圖爸立刻反對：「妳不要說了，我只要妳跟我生的孩子，否則就不要。」拼圖爸那麼愛拼圖媽，怎麼能接受

他跟別的女人孕育出孩子。但是又怕傷了拼圖媽的心，隨即又說：「如果妳真的喜歡孩子，我們可以領養一個。」

「不不不！領養的又不是自己的孩子，如果是借卵，至少孩子是從我身體裡出來的。」

拼圖爸知道這不是適合談論的時間，摟著她的肩膀說：「過兩天再說吧！我看妳也累了，先去洗澡。」回主臥室時，拼圖媽意外地在嬰兒房門口站了站，拼圖爸問她：「想進去看看嗎？」拼圖媽緊抿著嘴唇，略一沉吟，搖了搖頭。

將近午夜時，拼圖媽好不容易入睡，就被突然的地震嚇醒了，吊燈晃得好厲害，拼圖爸起身打量室內家具，看起來都在原位上，心想應該沒事。正要躺下，嬰兒房卻傳來「碰」的聲響，拼圖爸跳起來，衝到嬰兒房打開燈一看，衣櫃上的水晶球跌落下地，碎裂了。那是他們去歐洲旅行時買的，球內情境是山腳下的小房子，房前有一家三口嬉戲，輕輕搖動水晶球就可見紛飛的雪花。拼圖媽當時看著愛不忍釋，也就是買下水晶球之後，他們決定要個孩子。

拼圖媽沒多久也走出臥室，只是倚著嬰兒房門並未進去，望著地上的水晶球碎片，心像被抽拉著，不由低語：「三口之家，這個夢，真的不可能了。」

拼圖爸回頭看了看拼圖媽說：「妳去睡吧！我來收拾。」拼圖媽

卻沒有動，她瀏覽著夫妻倆攜手布置的嬰兒房，牆上貼著動物圖案的壁紙，嬰兒床上放著一隻藍色的熊寶寶，每樣物品都是他們細心挑選的。依稀間，彼此討論孩子姓名的歡笑聲還在耳邊，現在卻是一片死寂和滿心的碎片。過了一會兒，她終於慢慢走進嬰兒房，意外的，矮桌上拼了三分之一的拼圖並沒有被地震震落，還停留在得知孩子染色體異常的那個晚上。

她輕聲跟拼圖爸說：「我一直沒告訴你，孩子生命結束的那一剎那，我的確很難過。可是我最難以承受的是，他都沒了心跳呼吸，身體還要遭到那樣的切割，就像一刀刀切割著我，我受不了……。」

拼圖爸走近她摟住她的肩，讓她靠在自己的懷裡。拼圖媽仰起臉來問：「我可以把我的心拼回來嗎？」她邊說邊坐在小椅子上，隨手拿起一塊拼圖片，看了看，找到適當的位置，將它拼進圖裡，就這樣，她又開始一片片拼了起來。撫觸著拼圖片的接合處，她輕聲對著孩子說話：「寶寶，你痛嗎？媽媽把這些拼起來，就好像把你也拼起來，你就會變得完整，回到你原來那樣美美帥帥的樣子。」

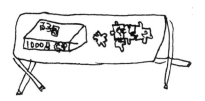

最美的一幅圖畫

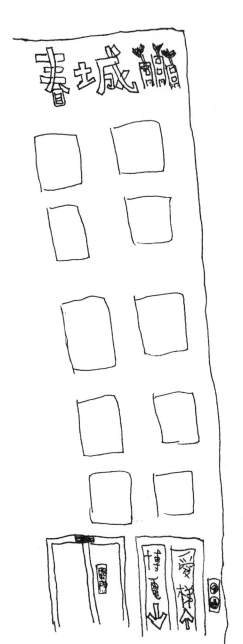

離小秋和拼圖必須完成心願的期限愈來愈近，迷寶花園裡也隨之瀰漫著怪異的氣氛，似乎連氣壓都變得很低。迷寶們望著小秋的眼神也變得怪怪的，有的甚至見到小秋掉頭就跑，小秋親切地呼喚他們：「怎麼啦？我有那麼可怕嗎？你們怎麼都不理我了？」

　　拼圖捶捶他的肩膀：「算了，他們心情也不好，畢竟你在這裡最久，知道你要走，他們都捨不得。」小秋無奈地搖搖頭：「這一天總是會來的，早走晚走都是要走的。」他的眼睛一陣迷濛：「其實，每次送走迷寶，不管他們在這兒住了多久，我還是會很難過，我也捨不得他們。」

　　「你要不要修正你的願望？比較容易快速達成的。白奶奶說，夢想是可以改變的。」拼圖建議。

　　「換一個夢想？」小秋苦苦一笑，他所求不多，如果真的實現不了……，他還沒有繼續往下說，拼圖就又問：「難道你就不擔心，去不了陽光樂園？」

　　他當然想去啦！可是他卻隱瞞了這份心思，說：「想那麼多做什麼？順其自然吧！不過，我聽小夏說，我阿姨已經從國外搬回來，要照顧我媽媽，我阿姨跟我媽的感情最好，個性又開朗，說不定她可以讓我媽不再憂鬱。」小秋邊說邊往湖邊走，「不說這個了。我們的任務交接必須加快速度，除了幫迷寶們工作分組，還要帶著他們多走幾

趟迷寶花園。我想，推舉小寶做精神領袖，你覺得怎麼樣？」

「他……太小了吧！」拼圖不是很認同。

「別小看他，我覺得他很樂觀、很積極，警覺性也很高，是個可造之材。尤其是在小米這件事上，他表現得可圈可點。」

「他條件這麼好，萬一很快達成心願，就離開迷寶花園怎麼辦？」

「那也不錯啊！我替他高興。反正到時候白奶奶會安排的，我們不用操那麼多心。」小秋躺在湖邊的草地上，雙手在頭後交握，仰望天空的星星。「你說，陽光樂園是在太陽裡、月亮裡，還是在星星裡？我喜歡住在星星裡，你呢？」

「想那麼多幹嘛，去了就知道了。就像白奶奶說的，那是個沒有病痛、沒有煩惱的快樂天堂，這樣就夠了。」拼圖伸了個懶腰，深呼吸著，似乎嗅到茉莉花的味道，「喂！起來吧！你最喜歡的茉莉花開了，你不是想蒐集花瓣嗎？」

正說著，小秋「噓」了一聲：「你別動！」這時，路燈的光正籠罩著拼圖，隱約有個光圈在他周身晃啊晃的，小秋揉揉眼，迅快坐起身，拉起拼圖的褲管，「拼圖，我是不是眼花了，你看，你自己看，你頸子、手臂上、小腿上的裂紋變淡了，幾乎快要看不見了，是不是你爸你媽發生什麼事？走，我們快去找白奶奶問問。」

白奶奶仔細端詳拼圖的皮膚好一會兒，微微點頭：「事情應該是

往好的方向發展，拼圖媽可能有了新的決定或新的改變。恭喜你啊！拼圖。過幾天你媽媽應該會到醫院來，就會知道更進一步的消息了。」

對拼圖來說，這的確是個好消息。他以為自己會興奮得睡不著覺，沒想到，他不但很快入睡，而且連續幾個晚上，他都夢到媽媽正在拼百子圖的情景。

開始的夢境中，媽媽從拼圖右下角的地面部分開始拼，爸爸從左下角的石頭地開始拼，兩人準備到中間會合。當媽媽找到正確的拼圖片時，就開心地對著爸爸笑，媽媽笑起來就像迷寶之花——向日葵般燦爛；接著，場景就跳到媽媽坐在拼圖桌前哭泣，她的眼淚幾乎沒有停歇地一直流，拼圖感到胸口悶悶的難以呼吸，好想幫媽媽擦眼淚，可是他卻無法動彈；之後，他又夢到嬰兒房裡，擺在桌上無人聞問的拼圖，雖然下半段已經拼好幾個玩耍的小孩子，上半段卻幾乎是空缺的，好像百子圖進入了冬天，好淒涼好蕭瑟；然後，畫面一轉，他又看到媽媽坐在桌邊專心地拼圖，臉上那種讓人窒息的悲傷消失了，眼裡有著春天的神采。之後，爸爸也出現了，跟媽媽坐在一起繼續拼圖。

在夢境中望著這一切的拼圖，心頭溢滿著幸福，就像吃著一顆顆紅褐色的榕果。雖然他無法靠近爸媽，也知道爸媽聽不到他的聲音，但是，他還是熱情地喊著「爸爸媽媽加油！」似乎，夢裡和夢外的他都迫切希望爸媽拼圖的速度能夠快一點、再快一點，就可以拼出最美

的百子圖。

　　當拼圖爸媽出現在春城醫院時，拼圖拒絕所有迷寶的陪伴，即使是小秋也在被拒之列。拼圖解釋他心裡的想法：「我想自己面對這一切，無論結果是好是壞，我都很珍惜跟爸媽獨處的時間。」大家決定尊重拼圖，望著他走向醫院大門的背影，默默的祝福他。小秋卻有種淡淡的落寞，隱隱有預感，拼圖似乎要離開大家了。

　　拼圖在醫院大門口就捕捉到爸媽的身影，雖然他們看不見他，他依然選擇隱密的位置默默跟著。搭乘電梯抵達生殖中心，爸媽走進候診室，他們的手輕輕握著，爸爸問媽媽說：「妳決定好了？」媽媽點點頭，跟拼圖爸微微一笑。

　　拼圖聽白奶奶說過，他的爸媽已經四十多歲，比所有的迷寶爸媽年齡都大，算是中年人了。可是，他卻覺得爸爸好帥氣、媽媽好漂亮，他以擁有這樣的爸媽為榮，即使沒有辦法跟他們一起玩耍、歡笑，他還是很開心，他可以感覺到爸媽彼此相愛，所以他們一定都很愛他。

　　拼圖媽坐下來後跟醫師說：「我們決定不再嘗試試管嬰兒，除了年齡的因素，我也承受不了再度失敗的壓力。」

　　醫師給了他們另一個建議：「你們可以考慮一下借卵，會挑選跟母親同樣的血型、類似外型的年輕女性捐贈的卵子……。」

　　拼圖媽望著拼圖爸，拼圖爸用力握了握她的手，點頭給她鼓勵，

拼圖媽接著說出他們夫妻倆的共同想法：「我們確實很想有個孩子，也謝謝醫師給我們的建議，我們會再討論和考慮。或許，我們會領養一個孩子。」

聽到這裡，拼圖的心情變得很複雜，他一方面高興媽媽不再因為失去他而悲傷，卻又為了爸媽即將可能的孩子而吃醋，會不會有了那個新來的弟弟或妹妹，爸媽就會從此忘了他？他繼續跟著爸媽慢慢地走離生殖中心，搭乘電梯，直到醫院大門，目送爸媽離開。他這樣子到底算是完成了心願還是夢想待續？

這天晚上，當大家等待拼圖回來，分享他跟爸媽相見時的情景，卻始終沒有等到拼圖。小秋以為，拼圖可能沒有得到預期的好消息，所以躲起來生悶氣，他想讓拼圖安靜一下也好，也就沒有去尋找拼圖。

可是，說也奇怪，拼圖就這麼沒消沒息的不見了。小秋到拼圖常去的幾個地方尋找，卻都沒有下落，不由起疑，他是走了，還是躲起來了？若是這麼走了，就太過分了，他們如此要好，為什麼要偷偷離開，不跟他說實話？但是，拼圖離期限還有許多天，他怎麼可能在這個時候說走就走？小秋向白奶奶打聽，拼圖到底發生什麼事情了？他爸媽說了什麼話？白奶奶卻說：「小秋，你知道我們的規矩，除非迷寶自己願意讓別人知道，否則我是不能說的。」

「但我不是別人啊！我是他的好朋友。他真的就這樣瞞著我走

了？」小秋心中好像有支攪拌棒，不停翻攪著，攪得心都亂了，莫非拼圖並沒有把他當作好朋友，只是小秋自己一廂情願？

　　向來樂觀的小秋，為了拼圖的不告而別，心情跌至谷底，他不明白，堅持許久的拼圖怎麼可能放棄了？還是黑爺爺使詐，偷偷把拼圖帶走？可是，當小秋去問黑爺爺時，黑爺爺竟然嘲諷小秋：「我要帶拼圖走，拼圖不跟我拚命才怪！你對自己的朋友這麼沒信心啊？呵！」

　　小秋每天都會把迷寶花園仔仔細細轉一圈，想到他和拼圖過往相處的點滴，有溫暖、有感動、也有爭執，他多希望拼圖仍在身邊，即使跟他打一架都好。走啊走的！經過老榕樹林、小橋、湖泊，望著鞦韆、滑梯，還有白天鵝，心情就像經過春夏秋冬四季，從花開到葉落，也像是自己正在迷寶花園做最後的巡禮。如同白奶奶說的，每個生命都是孤單單的來到世界，然後孤單單的離開，即使百般不願，還是要獨自踏上這條路。

　　既然他能預見未來的結果，他決定不讓自己被愁苦煩惱綑綁，再度打起精神，輪流去探望每個迷寶，回答他們的疑難，陪他們說說話，或是玩翹翹板、爬樹冠、在湖裡游泳，讓彼此的笑聲留在迷寶花園裡。

　　至於媽媽，他也嘗試撥開圍繞多年的雲霧，心底逐漸明朗，不管媽媽是否承認他、提到他，他都已經來過這個世界。他有名字，同時，小夏也會記得他，這些都是他存在過的證明。白奶奶不只一

次提醒他們，夢想不一定都會實現，他不需要為此悲傷。這點，小寶就想得很開。

　　當小秋向小寶問起他的故事時，小秋先提出當初溜溜球最在乎的名字問題：「爸媽叫你小寶，這是太常聽到的名字，還有人形容那是菜市場名字，難道你不希望擁有一個自己專屬的名字嗎？」

　　小寶把頭搖得像波浪鼓，代表他非常反對這種說法：「叫小寶有什麼不好？我本來就是爸媽的小寶貝。只能怪我爸爸，媽媽不喜歡他去應酬，兩個人就吵架了，他喝了酒，頭昏昏的，不小心推了媽媽，結果媽媽就流產了。可是我知道，爸爸還是很愛媽媽的。」

　　「既然如此，你還有什麼心願呢？」

　　小寶歪著頭想了想：「我記得爸媽那天吵架說的話，媽媽說，她害喜很不舒服，姑姑又住我們家，媽媽聞著油煙味邊吐邊煮飯給姑姑吃，還要洗姑姑換下來的一大堆衣服，媽媽希望爸爸下班早點回家幫忙。可是，爸爸卻不肯，我覺得爸爸這樣不太好。」

　　小秋有些不明白：「你爸媽很年輕，還可以生孩子，你到底擔心什麼呢？」

　　小寶用食指左右擺了擺，「不不不，你說的不對，萬一他們又吵架呢？媽媽又流產呢？所以我的心願是爸爸向媽媽道歉，而且真心的改變，不再應酬喝酒亂發脾氣，我就可以放心去陽光樂園囉！」

小秋不忍澆他冷水，卻還是說出口：「白奶奶難道沒有告訴你，男生很難開口跟女生道歉的。」

　　「如果時間到了，我爸還是不道歉的話，只要我媽媽願意原諒他，我也沒辦法，只好接受啦！」小寶聳聳肩，「那是他們倆的事情，他們是大人耶，還要我們小孩子操心，真是的！他們要過一輩子，我也有我要去的地方。」

　　小秋趁勢提出要求：「如果我走了，可不可以請你幫忙照顧其他迷寶？」

　　「喂！小秋哥哥，你是不是眼睛花了？我這麼小，年紀小、個子小，大家會聽我的嗎？」小寶不以為然，畢竟他是媽媽懷孕兩個多月就流產的孩子。

　　「你的樂觀誰都比不上，真的，比我還棒得多。你啊！可以讓迷寶花園充滿歡笑。」小秋誠摯地肯定他。

　　「那我不就是歡笑製造機了嗎？我就是迷寶花園的歡笑小寶。」小寶笑咧了嘴，小秋也開心地笑了，自從拼圖消失後，小秋難得笑得這麼開懷。

讓我再看你一眼

　　時序進入秋天，不少花朵垂頭喪氣，綠轉黃的葉子悄悄哭泣，幸好有些樹木卻進入花季，例如迷寶最愛的欒樹，讓整座迷寶花園飛舞著黃色花瓣，彷彿下著黃金雨，才不至於太過蕭瑟。可是，小秋的心情卻不免有些意興闌珊。他知道自己的時間真的不多了，特地去問白奶奶他久懸心中的問題：「白奶奶，妳是不是天使？」

　　「你為什麼這麼問？」

　　「我出生時沒有活下來，張開眼卻看到手術室門口有一個穿白衣服的人、一個穿黑衣服的人。我記得在媽媽肚子裡，聽到媽媽說故事給我和妹妹聽，她說天使都是穿白衣服的，所以我就去牽穿白衣服的人的手。後來，我才知道，穿白衣服的人就是白奶奶。」小秋回憶著自己出生時的情景。

　　白奶奶沒有直接回答，而是反問他：「如果我是天使，你有什麼話要說？」

　　小秋吞吞吐吐地說：「我……，我可不可以請妳照顧我媽媽？雖然妳都是照顧小孩子，我想妳也可以照顧大人吧！我擔心我媽媽走不出流淚谷，而我很快就必須離開了。」

　　白奶奶撫了撫小秋的頭：「你媽媽會走出來的，你放心。」

　　「可是，我沒剩幾天了，我好希望媽媽來醫院，我就可以再看看她。但是又擔心媽媽來醫院，那表示媽媽身體又不舒服了。我好矛

盾！」小秋滿腹掙扎，陷入兩難。

「你睡覺前可以做個禱告，祈求天神，祂說不定會實現你的願望喔！」白奶奶笑了笑，眼中有一瞬如陽光般的燦爛閃過。

就在小秋即將離開迷寶花園的前三天，小秋媽因為憂鬱症發作，傷害自己，再度住院，已經返國定居的小秋阿姨立刻趕過來照顧。小秋得到消息後，自覺這很可能是跟媽媽最後相處的時刻，他特地吃了好幾顆榕果，希望有足夠的靈力，可以陪伴媽媽久一點。

當小秋趕到媽媽的病房時，就聽到媽媽帶著哭腔跟阿姨說：「我真是差勁，從事保險工作，卻保不了自己的孩子。」

小秋一陣急鼓似的心跳，咚咚咚，這是在說他嗎？他隨即凝神傾聽，好緊張，好緊張，媽媽就要提到他了，他即將美夢成真，太棒了！

他高興沒幾秒鐘，就看到媽媽用拳頭敲擊床面，話題隨即轉了個彎，忿忿地說：「我就是個失敗者，一個大號魯蛇。丈夫沒出息，孩子早產又一堆毛病，工作業績被同事奪走第一，還得了要命的憂鬱症，我真是糟透了。」說著就哭了起來。

小秋站在床尾，目不轉睛地望著媽媽，只見媽媽兩眼無神，臉色比過去更加蒼白。阿姨把陪病沙發搬到媽媽床邊，鬆開媽媽緊握的拳頭，拍拍她的掌心說：「妳知道嗎？從小我就羨慕妳，到現在我還是羨慕妳擁有的比我多得多。」

小秋媽不耐地用力甩開小秋阿姨的手，做了個鄙夷的表情：「妳少嘲笑我了，我還不夠慘嗎？」

　　小秋阿姨一樣樣數給小秋媽聽：「妳成績比我好，考的學校志願也比我前面，人長得漂亮，胸部比我豐滿、屁股也比我翹，追求妳的人塞滿一卡車，又嫁了個好老公……。」說到這裡，小秋媽又好氣又好笑地說：「少提妳那笨死人的姊夫，提到他我就有氣，以為他在大學那麼優秀，還當班代表，肯定是個績優股，沒想到他竟然那麼沒志氣，只想當個公務員。」

　　小秋阿姨只好順著小秋媽的話說：「公務員很好啊！可以早點下班回家，陪陪妳和小夏。小夏早產，不能常吃外食，妳最近又生病，他就照著網路食譜學做菜，還做得有模有樣的，不輸給大飯店耶！妳想，有幾個老公願意下廚、做家事？妳這幾年狀況那麼多，他頂多抱怨幾句，還不是摸摸鼻子把家撐起來。」

　　「可是，我也很辛苦啊！他卻一句好聽的話都不會說。」小秋媽不以為然。

　　「妳想聽甜言蜜語啊？！我那老公，就是妳的前妹夫，可會甜言蜜語甜死人，吸引一堆蝴蝶蜜蜂，結果我的婚姻就這麼玩完了。他自己花心，還怪我不會生孩子。妳啊！妳看小夏多可愛，妳要知足。」

　　「可是，小……。」媽媽說到這裡，突然停頓下來。小秋迫不急

待催促著：「媽媽，我是小秋，我在這裡，妳不要忘記我！」

媽媽當然聽不到小秋的呼喊，但是隱約又像聽到什麼，她問小秋阿姨：「什麼聲音啊？就在我耳朵邊一直嗡嗡嗡的，是不是我幻聽啊！」小秋阿姨連忙起身查看：「應該是外面的風聲，已經立秋了，風大了些。」

這時，小秋爸帶著小夏也來到病房，小秋爸跟阿姨點頭致謝，「小姨，麻煩妳了，妳是妳姊的開心果，有了妳，她一定會好起來的。」

趁著爸爸和阿姨說話，小秋把小夏叫到病房外，再三叮嚀她：「妳要乖乖的喔！還要不斷說媽媽好棒，每天都要讚美媽媽，她就會開心起來。再過三天，就是我的最後期限日，到時我必須離開醫院旁邊的迷寶花園了。我好希望在這之前聽到媽媽能喚我一聲小秋。」

小夏拽著小秋的手臂哀傷地說：「哥哥，你可以不走嗎？你走了，以後我半夜哭了，誰來握住我的手，我想念你的時候，誰來擦乾我的眼淚？」

小秋捏捏小夏的臉頰，「哥哥也捨不得妳，可是，妳終究要靠自己長大的。」

小夏如同戰士宣誓般，士氣高昂地說：「哥哥，你不要放棄，我也不會放棄，我要再做最後努力，努力到最後一秒。」此話說完，小夏隨即轉身走入病房，她挨到媽媽床邊說：「媽媽，我愛妳，哥哥也

很愛妳喔！」

小秋媽提高聲浪說：「妳不要胡說，妳沒有哥哥，妳……」，聽到這裡，小秋的心都要碎了，都到了這個關頭，媽媽竟然依舊不鬆口。

小秋媽太過激動，傷到喉嚨，不停地咳嗽，小秋爸過來制止小夏：「媽媽不舒服，妳不要惹媽媽生氣。」小秋媽卻撐起上半身，繼續對小夏說：「妳沒有哥哥，那……那是妳弟弟。」四年多來封閉在她心裡的名字終於破閘而出，「小秋，小秋他是妳弟弟。」說完這句話，小秋媽彷彿耗盡所有力氣般癱軟下去，不免想到自己覺得挫敗的這件事，懷了龍鳳胎，卻只生下小夏，還是個早產兒，必須接受各種早期療育。所以，她壓根不願提起小秋，小秋就代表了她的失敗。

不管他是哥哥還是弟弟，小秋聽媽媽這麼一說，哭啊哭的笑了出來，原來媽媽沒有忘了他，是他誤會媽媽了，而且，他竟然誤會了這麼久！因為他比小夏晚出生，所以媽媽心裡認定他是弟弟。這時小夏又趁機靠過去說：「媽媽，弟弟很愛妳，我常常夢到弟弟，他說他很想念妳。」

小秋媽的淚水就像打開的水龍頭，再也止不住，她緊緊摟住小夏，兩眼迷茫間，她恍惚看到眼前有個穿格子短褲的小男孩對著她微笑。

望著這一幕期待已久的場面，小秋抹了抹眼淚，決定把那個藏在心裡的祕密一起帶走，不告訴小夏。當初他在媽媽子宮裡，他曾經聽

到媽媽說，她希望女兒當老大，可以照顧弟弟。於是，他悄悄許願，無論如何要讓小夏先出生，當他的姊姊，正如同媽媽取的小夏名字，就有這個意思，夏季就在秋季前面，小夏注定要當他的姊姊。所以，當媽媽生產時，小秋發現羊水沒了，他和小夏出生都可能發生困難，於是，他用盡所有的力氣，努力翻身移動位置，然後一腳把小夏先踢出去。而他卻因為臍帶繞頸，沒了呼吸心跳。

小秋看著媽媽懷裡的小夏，羨慕極了，他跟小夏說：「我也好想跟妳一樣，抱抱媽媽。」小夏動了動她聰明的小腦袋，很快想出辦法：「哥哥，我現在鬆開手，在我跟媽媽之間留出空隙，你就站在我跟媽媽之間，我會用力抱媽媽，讓你感受一下媽媽的懷抱。」

小夏邊說邊做，讓小秋彷彿緊緊貼著媽媽一般，小秋聞到媽媽身上好像有一股茉莉花的香味，那是他最喜歡的花香，小秋用力吸、用力吸，希望永遠記住這個味道，這樣以後跟媽媽在陽光樂園相逢時，他就可以找到媽媽。

小秋咧著嘴一直笑個不停，好像心裡正燃放著煙火，「砰！砰！砰！」一道道五彩繽紛的煙火直衝上天，爆出燦爛的火花來。他要趕緊告訴所有的迷寶這個好消息，他的媽媽記得他，他媽媽沒有忘記他。

飛向陽光樂園

　　小秋阿姨的陪伴果然就像靈丹妙藥，小秋媽的臉上有了笑容，精神也好了許多。小秋阿姨形容得妙：「姊啊！妳原來就像早晨凋謝了的曇花，奄奄一息，現在則是每片花瓣都在跳舞的向日葵。」

　　經過醫師檢查後，准許小秋媽出院回家調養。小秋媽出院這天，也是小秋必須離開迷寶花園的日子，他決定自己的最後一程要陪在媽媽身邊，因為就此一別，可能要等幾十年，才會等到媽媽去到陽光樂園。

　　小秋阿姨去辦理出院手續，小秋媽靠在床頭，望著窗外的蔚藍天空，微微出神。小秋跟小夏說：「我想再聽一遍妳唱過的那首歌〈我有一個夢想〉，我要聽完整版的喔！」小夏點點頭，唱給小秋也唱給媽媽聽。

　　我有一個夢想，想要一對翅膀，就可以像鳥飛上天空；
　　我有一個夢想，想要一把雨傘，就可以擋住所有的淚水；
　　我有一個夢想，想要一根魔法棒，就可以把憂愁變為快樂。
　　快樂並不遙遠，淚水不會永遠，沒有翅膀也可以飛上藍天。
　　快樂並不遙遠，淚水不會永遠，沒有翅膀也可以飛上藍天。
　　我有好多好多夢想，想要跟你一起完成。
　　我有好多好多夢想，想要跟你永遠在一起，在一起。

小夏唱著、唱著，把眼睛唱成了兩漥小池塘，小秋媽注意到了，關心地問她：「怎麼了？這麼開心的歌妳卻唱得這麼悲傷？小夏，媽媽已經沒事了，對不起！讓妳為媽媽擔心，媽媽會永遠和妳在一起。」

　　小秋也走過來，握住小夏的手說：「妳唱得好好聽喔！姊姊！」他特別強調「姊姊」這兩個字。

　　「弟弟！」小夏也小聲回應，心裡卻覺得怪怪的。她還是喜歡叫小秋「哥哥」，他在媽媽肚子裡，就非常照顧她，況且小秋的胎位在媽媽肚子下面，本來就應該先出來做她哥哥。

　　他們慢慢走向醫院大門口，陽光燦爛耀眼，迷寶花園裡的所有人都來了，白奶奶也笑咪咪地望著小秋，然後在小寶的一聲大喝後，全體迷寶齊聲喊著：「小秋哥哥謝謝你，我們好愛你！」

　　小秋跟大家揮揮手，再度用力抱了抱小夏，笑容彷彿湖中漣漪一般，慢慢漾開，然後，溫柔地抹去她從眼角溢出來的淚滴，「妹妹，要做開心果，別再做愛哭鬼喔！」

　　這時，小秋的身體忽然一陣輕鬆，漸漸飄了起來，往上升起，小夏仰臉追逐著小秋的身影，舉起手遮住眼前的陽光，剎那間，鴿子、麻雀、白頭翁、八哥……，從四面八方飛過來，跟著小秋一起往上飛。

　　小夏不斷地跟小秋揮手，媽媽疑惑地問：「小夏，妳在做什麼？」小夏吞吞吐吐著：「我……我在跟鴿子揮手啊！咯咯！咯咯！」說著

說著，她的眼淚又濕了眼眶，她吸吸鼻子，想到她以後再也看不到哥哥了，這回她決定不管是不是會被媽媽發現真相，她不要再閃躲，她理直氣壯地對著天空大叫：「哥哥！哥哥！」

小秋阿姨順著小夏的視線望向蔚藍天空：「姊，妳快看，奇景耶！」周遭許多人跟著抬起頭來，望著眾鳥齊飛的壯觀畫面，紛紛拿出手機，想要拍下這難得的畫面。

而小秋呢？小秋被陽光籠罩，全身閃耀著金色光芒。就在這時，拼圖突然從迷寶們的身後竄出，急急大叫：「等等我！等等我！小秋，我要跟你一起走！」

小秋往下一看，睜大眼睛不可置信地喊道：「拼圖，你還沒走？」拼圖神氣活現地大聲回應：「嘿嘿！你甩不掉我的，我們是哥倆好。而且啊！我媽媽剛才拼完最後一塊拼圖，我終於可以放心地走了！」

「你啊！你就是來搞笑的！」小秋無奈地搖搖頭，捶了捶他肩膀，兩人大笑著一起往天空飛去。

白奶奶一手牽著小秋，一手牽著拼圖，帶著他們飛入蔚藍天空的雲朵裡，而地面上的小夏依稀聽到小秋在身影隱沒前說的最後一句話：「妹妹，想念我，就把我和迷寶們的故事寫下來。」

國家圖書館出版品預行編目資料

迷寶花園／溫小平著；張以勒繪圖；初
版. -- 臺中市：晨星，2023.05
面；公分. --（晨星文學館；065）

ISBN　978-626-320-404-1（平裝）

863.596　　　　　　　　112002197

晨星文學館065

迷寶花園

作　　者	溫小平
繪　　者	張以勒
主　　編	徐惠雅
內頁設計	初雨有限公司（ivy_design）
封面設計	初雨有限公司（ivy_design）

創辦人	陳銘民
發行所	晨星出版有限公司
	407臺中市西屯區工業區三十路1號1樓
	TEL：04-23595820　FAX：04-23550581
	http://www.morningstar.com.tw
	行政院新聞局局版臺業字第2500號
法律顧問	陳思成律師
初　　版	西元2023年5月10日

讀者專線	TEL：02-23672044／04-23595818#212
	FAX：02-23635741／04-23595493
	E-mail: service@morningstar.com.tw
網路書店	http://www.morningstar.com.tw
郵政劃撥	15060393（知己圖書股份有限公司）
印　　刷	上好印刷股份有限公司

定價　**380**　元

ISBN 978-626-320-404-1
Published by Morning Star Publishing Inc.
Printed in Taiwan

版權所有 翻印必究
（如有缺頁或破損，請寄回更換）

線上回函